日本庆应义塾大学图书馆藏

聊斋遗文

〔清〕蒲松龄　著
马振方　辑校

北京大学出版社
PEKING UNIVERSITY PRESS

图书在版编目(CIP)数据

日本庆应义塾大学图书馆藏聊斋遗文/(清)蒲松龄著；马振方辑校. —北京：北京大学出版社，2021.2
　ISBN 978-7-301-31982-6

Ⅰ.①日… Ⅱ.①蒲…②马… Ⅲ.①《聊斋志异》—小说研究 Ⅳ.①I207.419

中国版本图书馆CIP数据核字（2021）第022807号

书　　　　名	日本庆应义塾大学图书馆藏聊斋遗文 RIBEN QINGYING YISHU DAXUE TUSHUGUAN CANG LIAOZHAI YIWEN
著作责任者	〔清〕蒲松龄　著　马振方　辑校
责任编辑	魏奕元
标准书号	ISBN 978-7-301-31982-6
出版发行	北京大学出版社
地　　址	北京市海淀区成府路205号　100871
网　　址	http://www.pup.cn　新浪微博：@北京大学出版社
电子信箱	zpup@pup.cn
电　　话	邮购部010-62752015　发行部010-62750672 编辑部010-62756449
印　刷　者	北京虎彩文化传播有限公司
经　销　者	新华书店
	650毫米×980毫米　16开本　14.25印张　200千字 2021年2月第1版　2021年2月第1次印刷
定　　价	56.00元

未经许可，不得以任何方式复制或抄袭本书之部分或全部内容。
版权所有，侵权必究
举报电话：010-62752024　电子信箱：fd@pup.pku.edu.cn
图书如有印装质量问题，请与出版部联系，电话：010-62756370

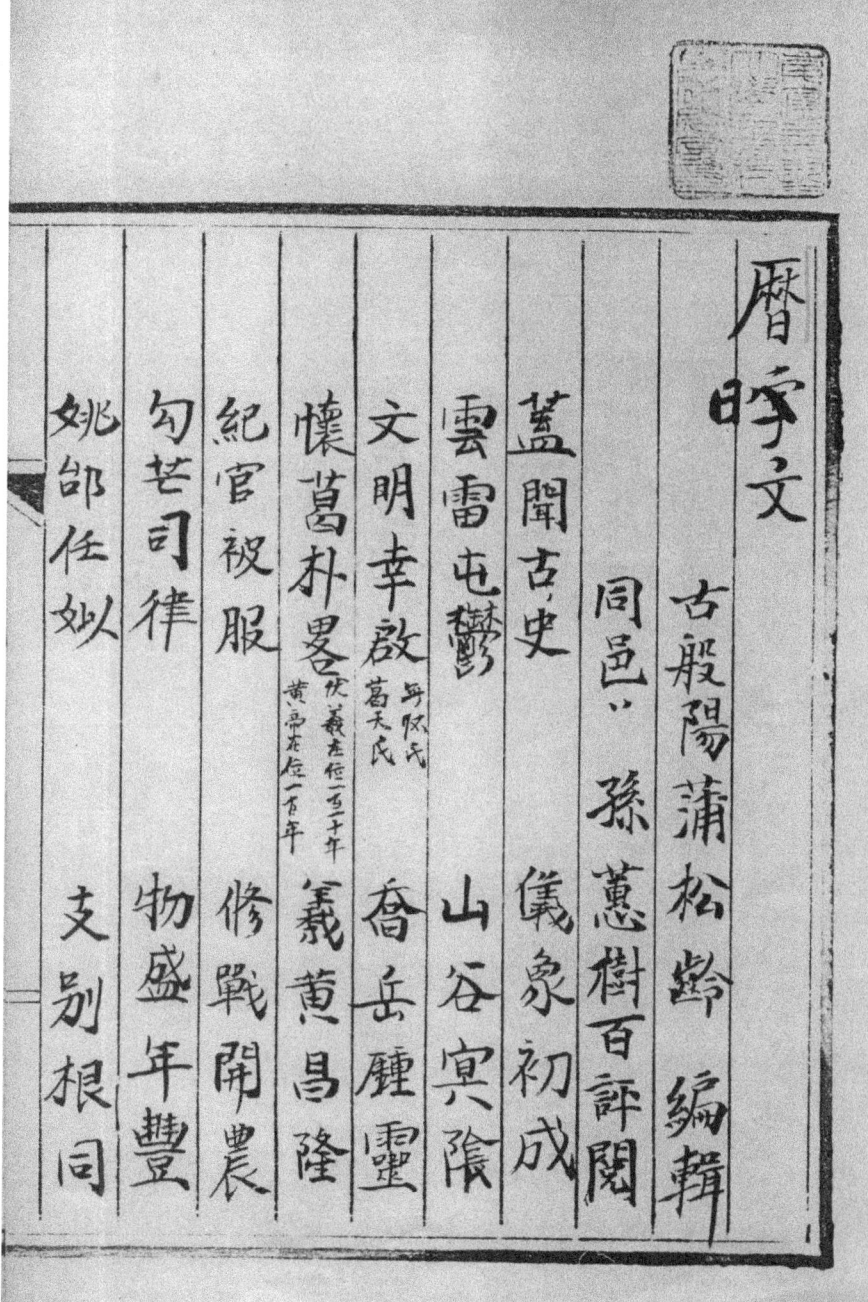

图1 历日文

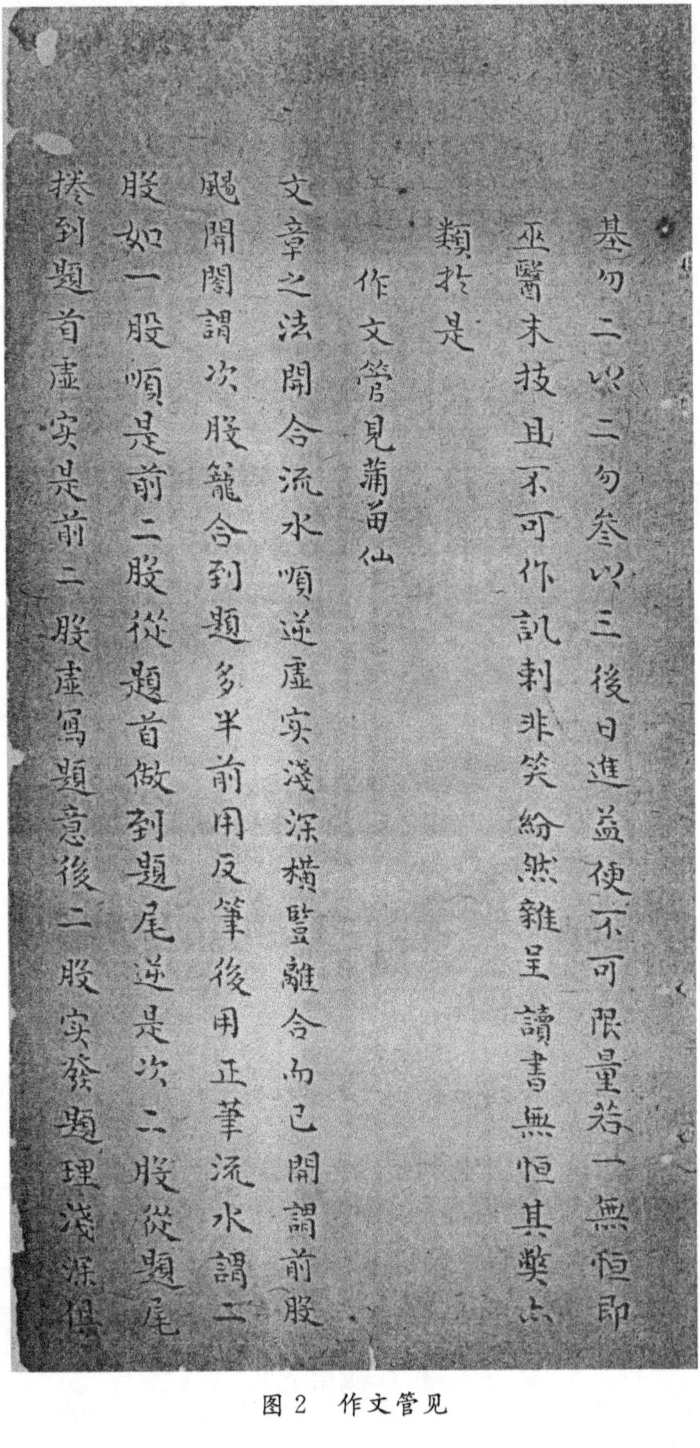

基句二以二句叁以三後日進益便不可限量若一無恒即巫醫末技且不可作訊剌非笑紛然雜呈讀書無恒其獎火類於是

作文管見蕭苗仙

文章之法開合流水順逆虛实淺深横豎離合而已開謂前股颺開閣謂次股籠合到題多半前用反筆後用正筆流水謂二股如一股順是前二股從題首做到題尾逆是次二股從題尾捲到題首虛实是前二股虛寫題意後二股实發題理淺深俱

图 2 作文管见

历字文卷壹册

淄川蒲松龄留仙著于聊斋书院

历代帝王考

盘古氏为阗谰之首君生於太荒莫知其所又稱曰混沌氏天皇氏取天開於子之義始制干支之名以定歲之所左地皇氏取谰於丑之義定三辰分晝夜以三十日為一月也人皇氏取人生於寅之義政教君臣之所自起飲食男女之自始有巢氏上古之世穴居野處構木為巢教民居之燧人氏上古之世如毛飲血鑽木取火教民之為烹飪

五帝紀

太昊氏伏羲氏以木德王故風姓有聖德王始教民耕稼左位一百四十年黃帝有熊氏姓己名摯黃帝次子以金德王左位

夜雨思夫曲

小引

難消日影偏遲遲　窗外好鳥唱嘟嘟

雙眉不待情君掃　自點胭脂自整衣

「雁過聲調」

譙樓一鼓敲　譙樓一鼓敲　佳人忙把銀燈挑

不住的望外瞧　盼不到好瞧　愁鎖雙眉淚珠拋

愁鎖雙眉淚珠拋

「前調」

图4　夜雨思夫曲

目　次

再版前言 …………………………………………………… 1

历日文 ……………………………………………………… 1
　附　跋 ………………………………………………… 10
作文管见 …………………………………………………… 11
历字文 ……………………………………………………… 15
　历代帝王考 …………………………………………… 17
　三元五腊圣诞日期 …………………………………… 26
　十殿阎君圣诞日期 …………………………………… 29
　看男女值年星辰属命之图 …………………………… 30
　二十八宿值日吉凶歌 ………………………………… 33
　二十八宿值日占风雨阴晴歌 ………………………… 37
　猫眼定时辰歌诀 ……………………………………… 38
　定寅时歌诀 …………………………………………… 39
　定太阳出没歌 ………………………………………… 39
　定太阴出没歌 ………………………………………… 39
　定太阴出时歌 ………………………………………… 39
　起九星歌 ……………………………………………… 39
　金符经 ………………………………………………… 40
　逐月吉星总图 ………………………………………… 43
　逐月凶星总局 ………………………………………… 45
　臞仙选择 ……………………………………………… 55
　诸葛武侯选择逐月出行图 …………………………… 59
　《碧玉经》出行吉日外忌日 ………………………… 61

六十年花甲子日年月表 ………………………………… 72
　　附　跋 ……………………………………………………… 121
聊斋小曲 ……………………………………………………… 123
　　夜雨思夫曲 ………………………………………………… 125
　　新婚宴曲 …………………………………………………… 125
　　岂有此理曲 ………………………………………………… 126
　　尼姑思俗曲 ………………………………………………… 127
　　夜雨鳏夫思妻曲 …………………………………………… 128
　　五更合欢曲 ………………………………………………… 129
　　赌博五更曲 ………………………………………………… 130
　　离了家乡 …………………………………………………… 132
　　采茶歌 ……………………………………………………… 133
　　附编　李丑三吃狗肉曲 …………………………………… 133
　　　　　露水珠儿曲 ………………………………………… 134
　　附　《聊斋小曲》编集经过序 ………………… 平井雅尾 135
附录　聊斋编处世格言百全 ………………………………… 137

是否蒲松龄著述——庆应大学所藏十五种抄本真伪考议 ……… 177
再版后记 ……………………………………………………… 213

再版前言

路大荒先生整理的《蒲松龄集》和蒲松龄纪念馆盛伟辑注的《聊斋佚文辑注》将国内所存蒲松龄的诗文、词赋、戏曲和杂著收罗殆尽,为蒲学研究提供了较为完备的蒲著资料。而据刻于蒲氏碑阴的墓表附记,先生尚有《省身语录》《怀刑录》《历字文》杂著三种;又据文集序跋,其所编著、辑录之书还有《蒲氏族谱》《婚嫁全书》《观象玩占》《小学节要》《庄列选略》《帝京景物略》等多种。其孙蒲立德在为《日用俗字》所撰的"跋"中写道:"又有通俗劝世游戏词,亦不下数十种,皆可以行世。"若然,柳泉先生的戏、曲类作品也当不止碑阴著录的"戏三出"和"通俗俚曲十四种"。至于未见记载的蒲氏佚作,估计不会很多,却也不会全无遗珠。上述种种散佚之作有的可能已不复存在,永无再现之日;有的则在国内失传,而域外尚有存本。日本庆应义塾大学(以下简称"庆大")图书馆聊斋文库就是这类存本的集中所在。那是20世纪30年代日本医生平井雅尾趁在蒲松龄家乡的淄川医院任职之便多方搜集的,后于50年代以百万日元的重金出售,被一位当时在庆大就读的企业家买下,捐赠给庆大图书馆。这批资料有抄本二百余种。其中多有伪作,但也确有一部分国内无存的蒲氏遗著。有的还是极可贵的作者手稿(如已在日本影印行世的《蒲氏族谱 聊斋草》)。1992年春,笔者应邀赴日本九州大学任教。其时一个重要愿望,就是尽力将这些抄本中为国内学人最关切者复制回来,经过考察,去伪存真,将其真品公诸于世。基于这一愿望,1998年北京大学出版社出版了笔者辑校的《聊斋遗文七种》。所收之文,就是从十六种庆大抄本复制件中芟夷伪作后整理付梓,除《琴瑟乐》外,都是国内无存本的。

这些遗文,也只有《琴瑟乐》已被当时学界认定为蒲氏所作。《省身语录》(抄本原题《聊斋编处世格言百全》)、《历字文》(残本)、《历日文》《作文管见》《聊斋小曲》等在藤田佑贤、八木章好所编《庆应义塾所藏聊斋关系目录》中都标有表示真伪待定的"＊"号。笔者经过考察,以为前四种肯定为蒲氏编著。其中《省身语录》不仅是蒲氏碑阴著录者,且有序文存于《聊斋文集》,为蒲学家关注、寻索已久。但因题目已经更换,且另有一种六大册伪作《省身语录》混迹于平井氏搜集的抄本之中,这个题作《格言百全》的抄本便未引起人们的注意。笔者也是在庆大发现其善本室所藏《语录》为赝品之后,才转而关注这个名目相类的抄本,并将其复制带回国内的。当时考察的结果,以为它是《语录》的真本,收入前出《遗文》之首。惜其前无篇首,似非完璧。刊出后,经过学人和我个人再三考辨,本人最后的结论是:其部分条目尚有为蒲氏所编《省身语录》残稿之可能,但至少已被后人加入了相当数量晚出之《格言联璧》等语录,故此次修订再版,只将它收入"附录",并改用抄本原题《聊斋编处世格言百全》,以备读者继续研究与察考。《历字文》,也是蒲氏碑阴著录之作,原为两册,仅存上册一部分,残缺多半。即此也颇可观,是复制的诸种抄本中篇幅最长的一种。由于是在数年坐馆毕家"茶余酒后"从四库书摘录、汇纂而成,内容庞杂,长短参差,间有图表,或无标题,有些部分之间难于区分。前次付样,除以校注订正讹误,一仍其旧,力求保持抄本的本来面目。本次校雠,特别关注开篇的《历代帝王考》,上起夏、商,下至明末,与今之历史年表及相关史书核对,又增加校注十多处;对前版本文其余校注也再次勘核,略有增减。《历日文》和《作文管见》,都是前无记载之文,系为教授生徒而作,为了解先生的坐馆生涯提供了新的资料。刊出后,二十余年未见异议。此次再版,订正个别文字讹误,依旧收入,让它们继续接受时间的考验。

《琴瑟乐》,又名《闺艳秦声》或《闺艳琴声》,向被聊斋学界和我本人认为是蒲氏碑阴刻录的同名曲作。经过近年几位学人对其作者和产生年代的研究,已多有歧见。笔者经过比较,倾向于黄霖先生否定其为蒲氏所作或抄录的见地,因而不再将它列入本次再版的《聊斋遗文》。

《聊斋小曲》，平井氏所编原为两卷，七十余首，内有"附录"十三首。前经笔者初步考辨，确定其中八首为柳泉公作。其余作者情况不明。由于笔者对小曲生疏，所见不广，一时难于深入考辨，又恐舍去聊斋遗珠，索性将所剩几十首全部编入新增的"附编"或"附录"（为与原"附录"区别，另题"附编"，实则与"附录"同义，即其《前言》所说："是为了便于研究者对它们进行更多的考辨与探讨。"）。二十年来，既有友好点拨、见告，又有学者发文、赐教，开阔了笔者的眼界和思路，明确了其中大多数曲调是乾隆以后旺盛兴时的产物，非蒲松龄之笔；便是其间穿插抄写的所谓聊斋诗作之类也是伪作（笔者将其中三首错认作蒲作，编入本书初版），此次修订一并删去。可喜的是山东大学马瑞芳教授从偌多曲作中考出亦属马头调的《岂有此理曲》乃柳泉公年轻时的戏作，戏仿比他年长许多的馆主王永印背地与其某氏妻妾交谈之语，从而为《聊斋小曲》也为再版的《聊斋遗文》增添一篇新的真品。我当初广种薄收的愿望也因而小有所获。本次再版，对小曲的"附编"颇费考量，最后决定仅留两首，即《李丑三吃狗肉曲》和《露水珠儿曲》。后者，作者于康熙十三年(1674)写有"附后"之语，前面写于康熙五年至十二年有此等附语的三首曲作均为蒲氏真品，故疑此曲亦有蒲作之可能。平井雅尾还将它译成日文，于1954年与《五更合欢曲》等刊发于东京的《综艺》。前者，据作品所写，主人公家住淄川"城东十里"的大王庄，如果"说的实在话"，离城东只有几里的蒲家庄应该更近；写作时间是康熙元年的"壬寅"年(1662)，蒲松龄时年二十三岁，尚居家中，近村有猎食狗肉的"奇事"，很容易得知，因而很有可能被爱好民间文艺的蒲松龄写成这首类乎鼓词的颇有意味之作。姑且将这两首再次存入"附编"，望行家继续予以关注。

　　本书所收的聊斋遗文，除去某些小曲，写作时间大都明了。《历日文》当作于蒲氏南游为知县孙蕙作幕宾的康熙九年秋后一年之内，在诸篇中为时最早；《作文管见》应作于南游回来之后，去毕家坐馆(1679)之前，可能在康熙十二年与高珩同游莲花庵前后；《历字文》则作于更晚的毕家坐馆期间。此版本书即依此顺序排列先后。

　　本书所收的聊斋遗文，《历字文》前有耿世伟跋，《历日文》后有张笃庆跋,平井雅尾还撰写了《〈聊斋小曲〉编集经过序》,为保留这些资料,便于研究、查考,分别附于各篇之后。《历日文》前题"同邑孙蕙树百评阅",而全文并无评语,却有夹注近百条,对理解原文多有助益,辑校将此夹注列于相应的原文之间,以存原貌。

笔者考辨这批材料,始于从日本归来的1994年夏,写就"是否蒲松龄所作——庆应大学十五种抄本真伪考议"一文,后附于《聊斋遗文七种》之末。二十多年来,文集中收入此文有所修订、补正,改题《是否蒲松龄著述》,附于再版本书之后亦略有增删,以为参考。

2020年4月于北京大学蓝旗营寓所

历日文

盖闻古史， 仪像初成。
云雷屯郁， 山谷冥阴。
文明幸启， 乔岳钟灵。
怀无怀氏、葛葛天氏朴略， 羲、黄昌隆。

伏羲在位一百一十年。黄帝在位一百年。

纪官被服， 修战开农。
勾芒司律， 物盛年丰。
姚、郐、任、姒， 支别根同。
尧眉舜目， 伊祁、诸冯。

尧在位九十八年，生于伊祁山；舜在位五十年，生于诸冯。

皋、夔、稷、益， 司徒、司空。

契为司徒，禹作司空①。

辛瞿熙职， 都俞谅工。

古"亮"即"谅"，故《说文》无"亮"字。

郐禄巢、许， 祝寿华封。
莱詹闰朔， 柴望泰宗。
辨壤纳税， 鱼盐蒲松。
檀榛桃柏， 蓝玉阳桐。
羿危禹祀， 康平逢蒙。

禹受舜禅，十七王，十五世，共四百三十二年：启、太康、仲康、王相、少康、宁②、槐、芒、泄、不降、扃、廑、孔甲、皋、发、桀。

殷、周改步， 宅亳营鄑③。

殷，三十王，十七世，共六百四十五年：汤、外丙、仲壬、太甲、沃丁、太庚、小甲、雍己、大戊、仲丁、外壬、河亶甲、祖乙、祖辛、沃甲、祖丁、南庚、阳甲、盘庚、小辛、小乙、武丁、祖庚、祖甲、廪甲④、庚丁、武乙、太丁、帝乙、纣辛。

---

① 司徒、司空，此二官名最早见于《周礼》，上古尧、舜时不可能有。此注与原文均据《史记·五帝纪》。
② 按：音伫（zhù），即"杼"。
③ "亳"，原作"毫"。
④ "甲"，应作"辛"。

武王、成、康、昭①、穆、共、懿、孝、夷、厉、宣、幽、平、桓、庄、僖、惠、襄、顷、匡②、简、灵、景、悼、敬、元、贞定、哀、思、考、威烈、安、烈、显、慎靓、赧王，献地于秦。

虞、芮息质，	韦、顾造攻。
莘桑产尹，	路载姜熊。
商丁梦傅，	穆满侵戎。
箕范宣告，	定郏照功。
干戈罗库，	韶勺雍融。
包茅靳贡，	姬叶那东。
荆、舒畜夏，	邹、鲁陵夷。
宁戚、管、隰，	桓公是资。
救郑全卫，	申义帅师。
单、邢、滕、薛，	谭、郜咸归。
春秋鸣铎，	孔圣仲尼。
尊王贱霸，	正论微词。
颜、曾、思、孟，	堂奥攸几。
公羊高淹肆，	淳于髡滑稽。
澹台灭明、公冶长，	端木赐、颛孙师，
漆雕开、巫马期，	公西赤、仲孙何忌，
冉有、闵损、邬单、宓不齐，	蔚郁儒林。
仰射樊御，	苌乐襄琴。
越垣段干木，	游学荀卿。
苏秦、张仪合纵，	廉颇、吴起善军。
赵、魏析晋，	吕竖易嬴。

秦异人质于赵，吕不韦以姜朱氏有孕归异人，生始皇，国号秦，三世，四十年：吕政、胡亥、子婴。

李斯立亥，	扶苏生刑。

先是，亥、斯矫诏立胡亥，而赐始皇长子扶苏死。

荆轲、高渐离、聂政、蔺相如，	先后俱荣。

---

① "昭"，原作"照"。
② "匡"下，脱"定"（周定王）字。

胜戍揭杆，	沛、项负强。

西汉十一世，二百一十四年①：高、惠、文、景、武、昭、宣、元、成、哀、平、孺子。王莽篡之。

关焦一火，	法约三章。
班符铸印，	厥度汪洋。
萧何相、彭越、郦食②，	惟韩信无双。
蒯通饶舌，	羽尽弓藏。
叔孙通、陆逊贾羽③，	闻人通④高堂。
表称典籍，	谈礼慎常。
申屠嘉作宰，	东方朔为郎。
智宠晁错，	粟拜弘羊。
袁直赐帛，	翟贵署门。
栾大尚主，	霍侯放君。
里阁祥集，	柳兆公孙。
校经刘向，	抗疏匡衡。
嘉禾卜瑞，	岐麦希音。
丹王凤凌汉，	宿王莽冲天。
龚遂⑤、邴原⑥谢爵，	梅福登山。
刘秀应白水，	加腹容严光。

光武起兵，兴复汉业，是为东汉，十二帝，十世，共一百九十六年：世祖、明、章、和、殇、安、顺、冲、质、桓、灵、献。曹丕篡之。

刘盆子、隗嚣附固，	耿弇、邓禹勤宜。
搴鳞奋翼，	台阁肩连。
问谁占佛，	如竺求书。
厉余万世，	永储浮屠。

---

① "二百"，原作"一百"。
② "食"，"食其"之简。
③ 此注将汉初名臣陆贾析为两人，误。"羽"又为"诩"之误。
④ "通"，为"通汉"之简。
⑤ 注误，"龚"指龚胜、龚舍。
⑥ "原"，系"汉"之误。

窦宪、梁冀暴戾，　　　　　　众宦朋呼。
哀尔俊及，　　　　　　　　　党湛类锄。
蔡邕痛董卓，　　　　　　　　曹操本夏侯。
鼎足既树，　　　　　　　　　六宇崇雠。

蜀、魏、吴三国，鼎足分之。蜀，二主，四十三年：昭烈、后主，降于晋①。

巴、吴、郝、蓟，　　　　　　坚栈岑牟。
诸葛亮龙斗，　　　　　　　　司马炎②虎彪。

西晋，四帝，五十二年：武帝、惠、怀、愍。

嵇桂阮竹，　　　　　　　　　会马更牛。
慕容、渊、勒，　　　　　　　南北缪糜。

刘渊入寇，怀、愍见执。东晋，十一帝，一百三十年：元帝（实小吏牛金之子）、明、成、康、穆、哀、废、简文、孝武、安、恭，禅于刘裕，国号宋，八主，六十年：武、少、文、孝武、废、明、废、顺，为萧道成所弑。

宋、齐、梁毕，　　　　　　　季次陈、隋。

齐，七主，二③十三年：高、武、昭业、昭文、明、宝卷、和。
梁，四主，五十五年：武、简文、元、敬。
陈，五主，三十三年：武、文、废、宣、后主，见执于隋。
隋，三主，三十八年：文、炀、恭，降于唐。

索靖、沈约、潘岳、鲍照，　　沐浴风诗。
宇文化及用杨广，　　　　　　尉迟敬德降唐。

唐，二十帝，二百九十年：高、太、高宗、中、睿、玄、肃、代、德、顺、宪、穆、敬、文、武、宣、懿、僖、昭、哀。朱温弑之，唐亡。

居然化国，　　　　　　　　　进贺多方。
毛皮银铁，　　　　　　　　　车乘查杭。
田翁寨鄂，　　　　　　　　　雉儿非臧。
上官谏武，　　　　　　　　　鲜于仲通参杨国忠④。
男臣于女，　　　　　　　　　德败椒房。
褚、崔、徐、骆，　　　　　　汗简名香。

---

① "晋"，当作"魏"。
② 此"司马"应是与诸葛亮反复争斗、较量的司马懿，非司马炎。
③ "二"，原作"一"。
④ "忠"，原讹作"志"。

忻赖娄、狄， 斐、郭争光。
庆绪安禄山之子授首， 屈伏边羌。
乾钮复解， 受制家奴。
庾米弗饱， 饥茹寒芜。
坎坷捏扤①， 四海何辜。
暨朱温九锡， 倪阈洪图。

朱温加九锡，遂篡唐，国号梁，二主，十七年：高、未②。

岿萌寝席， 贻訾庄区。
沙陀亚子， 委戈伶高。

李亚子即庄宗小字，国号后唐，伶人郭门高射死③。凡三姓，四主，十四年：庄、闵、明、潞王④。

爱甥假父， 利结卑要。
远运尤浅， 虢裔代庖。

刘智远，代后晋而自立，是为后汉。凡二主，四年：高、隐。

郭威，虢公之后代，自立。国号周，二姓，三主，十年：太祖、世宗、恭，禅于宋。

伍朝八姓， 带甲过劳。
真胤宋太祖名志遂， 剪艾蓬蒿。

宋太祖，名匡胤，及即位，杜太后曰："吾儿有大志，今遂矣！"是谓北宋，都汴。凡九帝，一百六十七年：太祖⑤、太宗、真、仁、英、神、哲、徽、钦。金人入寇，执二帝北去。

取才鞠士， 仁孝甄陶。
奉母杜后， 逊位于髦。
胡独烛影， 夜播红摇⑥。

―――――

① "坷"，原作"柯"。
② "高"，应作"太"；"未"，应作"末"。
③ 据《资治通鉴》与《旧五代史》，后唐首主李亚子存勖是被所宠伶人郭门高发动叛乱时"为流矢所中"而死，并非被郭射死。
④ "明"，应置于"闵"前。
⑤ "祖"，原作"族"。
⑥ "胡独烛影，夜播红摇。"此二句的源头出自南宋孝宗时吴僧文登的《湘山野录》，谓赵匡胤死时曾有暧昧的"烛影斧声"之说，用以影射其弟赵光义谋篡皇位。后被李焘《续资治通鉴长编》传播、张扬，影响日广。虽多有史论"深辨其非"，且有《宋史》宦者《王继恩传》的有力反证（传载："（太祖）及崩夕，太宗在南府，继恩中夜驰诣府邸，请太宗入。"），影响仍未完全清除。本文谓赵匡胤"奉母杜后"之命传位于俊杰（髦）之弟赵光义，从根本上否定了"烛影斧声"的无稽之谈。

赫连五鬼，	寇准老旁观。
彦博宸辅，	汲引衣冠。
欧阳修翰墨，	专阃范仲淹、韩琦。
道源程颐、浩①邵雍，	藩靖疆安。
介甫召对，	钱歆青苗。
市计籴卖，	裂地和辽。
采花征石，	沃酒从禽②。
晓敕夕豫③，	殿令狐升。
克耳刁斗，	束革献金。
锦楼沙泠，	露开尘深。
仇井共戴，	兔脱江滨。

汴亡，康王构即位临安，是为南宋，七朝，一百五十年：高宗、孝、光、宁、理、度、幼主、益王、广王。元兵至杭，海舟覆，宋亡。

莫须乌有，	反费长城。
苟延岁月，	招窦枭雄。
关河犹巩，	牧圉胥空。
孤舟浪没，	星落贝宫。
元肇奇握太祖④，	部习毡裘。

元，九主，九十三年：世祖、成、仁、英、泰定、明、文、宁、顺。明太祖兵至燕，率宫妃遁去。

系承忽列世祖，	薄食神州。
贞尸浦藉，	侠骨麻投。
若胃棘欲，	终涉颠颐。
教敦迦叶，	湖驾骈飞。
池腾丘汛，	中原鹿奔。
操殳据堵，	冰散土崩。
璩贯巫舞，	曲液壶频。

---

① "浩"，即"颢"简化致讹。
② "从"，同"纵"。
③ "敕"，原作"敕"。
④ "太祖"，应为"世祖"。

苍黎涂炭，　　　　　　势喻建瓴①。
宝器旷守，　　　　　　钟离朱兴。
_{明太祖,凤阳人,取金陵,因以为都。太祖、建文、成祖、仁宗、宣宗、英宗、景皇帝……}
潜养皇觉，　　　　　　端拱蒋京。
欧荡余蘖②，　　　　　贲访贤能。
左_刘基右_徐达，　　　汤_和、廖_{永忠}随征。
率履针鉴，　　　　　　吉命维新。
惠施卢濮，　　　　　　上慕轩辕。
邦宁时晏，　　　　　　富庶淳庞。
长孙恭退，　　　　　　燕嗣来翔。
卞急喜察③，　　　　　铒桀忠良。
英幼宗政，　　　　　　奄振掌权。
郴邸监摄，　　　　　　顺皇甫旋。
孙某族训，　　　　　　奚悉兹编？
谬以历字，　　　　　　聊斋所言。
敬俟补逸，　　　　　　童孺勉旃。

---

① "瓴",原作"瓶"。
② "欧",同"殴"。
③ "急",讹为"悬"。

附

跋①

《历日文》,三千年事顷见,是作又一奇观也。其间音注甚妙,经史杂现。令友人孙君树百校定,不独千古矣。郑夹漈《姓名略》援引分流三十六派②,极奇者,三字姓如"侯莫陈",四字如"自无独膊",皆中原载正史者;又如罗泌《路史》,国名发挥、因之③,为历不经见者;又杨升庵《稀历录》,俱奇奇怪怪,乃知耳目之前不可测度,如《万通谱》④。融成文章,彰著典核,未有若兹编之正而雅、详而明也。以教文学,实有赖焉。识者其芸珍之。

同学弟孝水山人张笃庆　跋

---

① 题系辑校者所加,原文无题。
② 据史书所载,自魏孝文帝迁洛,姓氏即有八氏十姓三十六族九十二姓之说。
③ 查《路史》,无此二国名,内有六卷题作"发挥",或作者误记。
④ 当是明凌迪知《万姓统谱》。

作文管见

文章之法，开合、流水、顺逆、虚实、浅深、横竖、离合而已。开谓前股扬开，合谓次股笼合到题，多半前用反笔，后用正笔。流水谓二股如一股。顺是前二股从题首做到题尾，逆是次二股从题尾卷到题首。虚实是前二股虚写题意，后二股实发题理。浅深俱是实做，特后二股更精进一层。横竖如天地间、古今来即是。余意可以类推。离合乃虚笼起全题，忽就题中字孤讲一段或二股①，然后拍合到题位。凡譬喻题多用此法。尝见"出门如见大宾"文，先言出门为时虽暂，亦不敢因其暂而忽之；即用"今夫"二字陡出"见大宾"孤讲：不敢不敬，不能不敬，且不自觉即自然而敬；然后落到"出门亦是如此"。正所谓离合法也。

文贵反，反得要透；文贵转，转得要圆；文贵落，落得要醒；文贵宕，宕得要灵；文贵起，起得要警策；文贵煞，煞得要稳合。

文有四面：反面、正面、对面、侧面是也。反面、正面姑勿论。对面乃就异人同事者衬托、对照。如"见贤思齐焉"，他说他亦必定思齐，乃为今日之贤。是即所谓对面。至于谓之正面不可，谓之反面、对面不可②，是即所谓侧面。文中多批出，示人所宜留心。

凡有一题，即有一题之法。识得作法，便如庖丁解牛，恢恢乎游刃有余。若于各项题不曾融会于心，动辄棘手，反咎题难。非题之难我，我自难也。

凡题有单题，有长题，有截上题、截下题、截上下题，有二扇题、三扇题、二扇分轻重题、二句滚作题，又有虚缩题、枯窘题、援引题、比兴题，上偏下全、上全下偏题，更有倒纲题、顺纲题、段落题、立纲发明题、横担题、浅深相应题。以上作法当于明文《商举业筌蹄》内求之③。至于神而明之，任意驰骋不踰乎矩，则又存乎其人矣。搭题，近时所尚，其法莫备于今文。盖明时不尚割裂，间有一、二篇，亦不似时贤之空灵、醒快也。

---

① 此句中"段""股"似应划一，疑"股"为"段"之讹。
② "对面"，原作"正面"。
③ "商"，原作"商"。

历字文

卷一册

历代帝王考

盘古氏,为开辟之首君,生于太荒,莫知其所,又称曰混沌氏。天皇氏,取天开于子之义,始制干支之名,以定岁之所在。地皇氏,取地辟于丑之义①,定三辰,分昼夜,以三十日为一月也。人皇氏,取人生于寅之义,政教、君臣之所自起,饮食男女之所自始②。有巢氏,上古之世穴居野处,构木为巢,教民居之。燧人氏,上古之世茹毛饮血,钻木取火,教民以为烹饪。

五 帝 纪③

太昊伏羲氏④,以木德王,故风姓,有圣德。王始教民耕稼,在位一百四十年。黄帝有熊氏⑤,以水德王,在位一百年。少昊金天氏,姓己名挚,黄帝次子,以金德王,能修太昊之法,在位八十四年。颛顼高阳氏,黄帝孙,始作历,在位七十八年。帝喾高辛氏,姓姬名夋,少昊之孙,有四子:曰稷、曰契、曰尧、曰挚⑥,在位七十年。帝尧陶唐氏,帝喾之子,又曰伊祁氏,在位七十有二年。帝舜有虞氏,黄帝八代孙,生于姚墟,故又姓姚,在位六十有一年。

夏 纪

起大禹甲戌,尽桀甲午,凡十七王,并羿、浞,共四百四十一年。

大禹,姒姓,名禹,字高密,颛顼孙,鲧之子,舜禅位与之,以金德王。治水有功,铸九鼎以象九州,在位二十七年。帝启,禹之子,在位九年。太康,启之子,不理国政,略于洛,有穷之君后羿拒于河⑦,不得归,在位二十九年。仲康,太康之弟,即位,羿为相,在位十三年。帝

---

① "取地辟于丑",原夺"地"字。
② "之所自始",原夺"所"字。
③ 与下文所记七帝不符,较《史记》多出太昊、少昊二帝。
④ "太昊伏羲氏","昊"下原衍"氏"字。
⑤ "黄帝有熊氏",其下原有"姓己名挚,黄帝次子"八字,衍文。
⑥ "挚"前,衍"子"字。
⑦ "拒",原作"距"。

相,仲康之子,为羿所逐,篡位;其臣浞弑羿自立。夏统中绝者共四十年。少康,帝相之子,寒浞弑羿灭夏时,相后方妊,奔诸有仍①,而后众兵灭浞,而少康立,在位二十二年。帝杼,少康之子,在位十有七年。帝槐,帝杼之子,在位二十六年。帝芒,帝槐之子,在位十八年。帝泄,帝芒之子,在位十六年。帝不降,帝泄之子,在位五十九年。帝扃,帝不降之弟,在位三十有一年。帝廑,帝扃之子,在位二十一年。帝孔甲,不降子,在位三十年。帝皋,帝孔甲之子,在位十一年。帝发,帝皋之子,在位十九年。履癸,帝发之子,即桀也,暴虐无道,汤从而伐之,放于南巢②,三年死于亭山,在位五十二年。

商

起汤乙未,尽纣戊寅,凡二十八主,共六百四十四年。

成汤,子姓,名履,契十二代孙,伐夏救民,天下归之。以水德王,国号商,在位一十三年。太子太丁早卒。汤崩,次子外丙二年③,仲壬四年。太丁子太甲立④,不明厥德,伊尹放之。放桐宫三年,太甲悔过,伊尹以冕服迎之,号为太宗,在位三十三年。沃丁,太甲之子,在位二十九年。太庚,沃丁之弟,在位二十五年。小甲,太庚之子,在位十七年。雍己,小甲弟,在位十二年。太戊,雍己之弟,大修商之政,商道复兴,号曰中宗,在位七十五年。仲丁,太戊之子,在位十三年。外壬,仲丁之弟,在位十五年。河亶甲,外壬之弟,在位三年。祖乙,河亶甲之子,诸侯宾服,商道复兴,在位十九年。祖辛,祖乙之子,在位十六年。沃甲,祖辛之弟,在位二十五年。祖丁,祖辛之子,在位三十二年。南庚,沃甲之子,在位二十五年。阳甲,祖丁之子,在位七年。盘庚,阳甲之弟,时商道浸衰,耿都;又耿都河决,复迁于殷,改商曰殷,能令商道复兴,在位二十有八年。小辛,盘庚之弟,是时殷道又衰,在位二十一

---

① "奔诸",原作"奔者"。
② "放于",原作"于放"。
③ "二年",《史记》作"三年"。
④ "太甲立"下,原有以下解释:"(大甲)太丁死,外丙方二岁,仲壬方四岁。太甲,汤之嫡孙,故立之。"此将上文所记外丙、仲壬在位年数("二年"和"四年")误认作二人当时的年岁,致使弟大于兄,显误。

年。小乙,小辛之子,在位二十八年。武丁,小乙之子,傅说为相,商道复兴,曰高宗,在位五十九年。祖庚,高宗之子,在位七年。祖甲,祖庚之弟,此时殷衰,在位三十三年。廪辛①,祖甲之子,在位六年。康丁,乃是祖甲之次子,在位二十有一年。武乙,康丁之子,射天,暴雷震死,在位四年。文丁,武乙之子,在位三年。帝乙,文丁之子,在位三十七年。受辛,帝乙之子,即纣也,暴虐无道,武王伐之。纣弃宝玉②,自焚而死,在位三十二年。

周　朝

起自武王乙卯,至赧王乙巳,凡三十五王,八百六十七年;至东周壬子,八百七十四年。

武王,姬姓,名发,后稷十五世孙③,文王昌之子,伐纣而有天下,以木德王④,国号周,以太公望为师,以周公旦为辅,在位十七年。成王,武王之子,年幼,周公相,在位三十七年。康王,成王之子,是时天下太平,在位二十六年。昭王,康王之子,南巡海滨,楚以胶舟载王,至中流,胶液,王溺死,在位五十一年。穆王,昭王之子,得八骏之马,欲周行天下,周德始衰,在位五十五年。共王,穆王之子,在位十二年。懿王,共王之子,在位二十五年。孝王,懿王之弟,在位十五年。夷王,孝王之子,在位十六年。厉王,夷王之子,在位五十一年。宣王,厉王之子,能修政事,法文、武、成、康之道,卒中兴,在位四十六年。幽王,宣王之子,宠褒氏,废申后及太子宜臼,为犬戎所杀,在位十一年。平王,幽王之子,迁都于洛邑,王室衰微,号令不行,在位五十一年。桓王,平王之孙,在位二十三年。庄王,桓王之子,在位十五年。釐王,庄王之子,在位五年。惠王,釐王之子,在位二十四年。襄王,惠王之子,在位三十三年。顷王,襄王之子⑤,在位

---

①　"廪辛",原作"庚辛"。
②　"纣弃宝玉",据《史记·殷本记》载,纣自焚时"衣其宝玉衣",唐张守节注此引《周书》云:"纣取天智玉琰五,环身以自焚。"因疑"弃"字有误,或"取"之讹。
③　"十五世孙",原夺"世"字。
④　"木",原作"木木"。
⑤　"襄"下,原夺"王"字。

六年。匡王,顷王之子,在位六年。定王,匡王之弟,在位二十一年。简王,定王之子,在位十四年。灵王,简王之子,在位二十七年①。景王,灵王之子,在位十五年。悼王,景王之子,在位七月。敬王,悼王之子,在位四十四年。元王,敬王之子,在位七年。贞定王,元王之子,在位二十八年。哀王,贞定王子,在位三月。思王,哀王之弟,弑哀王而自立。考王,思王之弟,弑思王而自立,在位十五年。威烈王,考王之子,周室衰微,在位二十有四年。安王,威烈王之子,在位二十六年②。显王,安王之子,在位四十八年③。慎靓王,显王之子,在位六年④。赧王,慎靓王子,在位五十九年。东周君,惠公少子也,秦使相国吕不韦帅师灭之,周遂不祀。

春 秋 战 国

自癸丑至己卯无统,二十七年。

吴,姬姓,太伯之后,凡传二十五主,灭于越。鲁,姬姓,周公旦之后,传三十四主。齐,姜姓,太公望之后,传三十主,灭于田和。燕,姬姓,召公奭之后,传四十二主,灭于秦。陈,妫姓,虞舜之后,传二十五主,灭于楚。蔡,姬姓,蔡仲之后,传二十四主,灭于楚。宋,子姓,微子之后,传三十一主,齐、楚灭之。楚,芈姓⑤,熊绎之后,传四十二主,灭于秦。卫,姬姓,康叔之后,传四十二主,灭于秦。曹,武王弟之后,传二十主,灭于宋。晋,姬姓,唐叔虞之后,传三十六主,韩、赵、魏共灭之。郑,桓公友之后,传二十三主,灭于韩。秦,嬴姓,伯益之后,传三十四主,灭于汉。韩,姬姓,武王子之后,传十主,灭于秦。魏,姬姓,毕公高后,传九主,灭于秦。赵,嬴姓,飞帘后,传十一主,灭于秦。田齐,自战国田和为诸侯,传七主,至齐王建而灭于秦⑥。杞,禹后。

---

① "二十七年",原作"三十七年"。
② 此下缺烈王喜,在位十年。
③ "四十八年",原作"二十六年"。
④ "六"下,原夺"年"字。
⑤ "芈",原作"芊"。
⑥ "自",原作"至";"建",原作"达"。

秦

秦昭襄王并西周。子孝文立,三日而薨。子庄襄王立,并东周;纳吕不韦有娠之姬而生政,为始皇。起庚辰,尽二世甲午,凡十五年。

始皇帝本姓吕,名政,以水德王,并吞六国,暴虐无道,焚书坑儒,在位十有二年。二世,始皇子,名胡亥,在位三年,为赵高所弑①。立子婴,在位四十日,降汉,后为项羽所弑。秦遂灭。

汉

高祖以壬辰起兵,乙未入关灭秦,己亥灭羽,尽献帝庚子,凡二十四帝,四百年;并吕氏、新莽,共四百二十有二年。

高祖,姓刘名邦,字季,以布衣起兵,破秦灭楚,即帝位,以火德王,在位十有二年。惠帝,高祖太子,在位七年。吕后名雉,临朝称制,立诸吕为王。后崩,大臣诛诸吕,迎立文帝,僭位八年。文帝,高祖之中子,亲贤爱民,在位二十三年。景帝,文帝之子,在位十六年。武帝,景帝之子,兴礼乐,立学校,在位五十四年。昭帝,武帝少子,霍光为辅,在位十三年。宣帝,武帝曾孙,信赏必罚,在位二十五年。元帝,宣帝之子,在位一十有六年。成帝,元帝之太子,耽于酒色,王莽专权,在位二十六年。哀帝,元帝之庶孙,在位六年。平帝,元帝之庶孙,王莽以毒酒杀之,在位五年。孺子婴,宣帝玄孙,王莽践阼居摄,遂篡其位,在位三年。莽自立,改国号曰新,在位一十八年。淮阳王乃景帝之后,起兵诸将立之为帝,在位只二年。光武帝,景帝之玄孙,乃大兵起义而诛王莽,复兴汉室天下。然光武帝灰廓大度,才明勇略,在位三十有三年。明帝,光武帝之太子,守光武之制度不改,在位一十八年。章帝,明帝太子,凡作事皆务从宽厚,在位十有三年。和帝乃章帝之第四子,在位一十有七年。殇帝乃和帝太子,在位只一年。安帝,章帝之孙,在位一十有九年。顺帝,安帝太子,在位十九年。冲帝,顺帝之太子,在位只一年。质帝乃章帝之曾孙,梁冀毒杀之,在位亦只一年②。桓帝,

---

① "弑",原作"试"。
② "亦",原作"以"。

章帝之曾孙,在位二十一年。灵帝,章帝之玄孙,在位二十二年。献帝,灵帝之少子,曹操迁帝于许,政归于操,帝守位而已,在位三十一年。

三　国　纪

起自汉昭烈辛丑,尽后主癸未,只二帝,四十三年。甲申至己亥无统者十六年①。魏,五主,四十六年。吴,四主,四十有九年。

汉:昭烈帝乃中山靖王之后,名备,字玄德,因曹丕篡汉,备遂即位于蜀,与吴、魏鼎立,在位三年;后主,昭烈太子,在位四十年。

魏:曹丕,操之子,逼汉禅位,传睿、芳、髦、奂②。

吴:孙权自立为帝,传亮、皓③。

两　晋　纪

起武帝庚子,尽恭帝庚申,凡十五帝,共一百五十四年。

武帝司马炎,袭封晋王,废魏王为陈留王,遂篡魏灭吴,始绍大统,以金德王,在位二十五年。惠帝,武帝太子,在位一十有七年。怀帝,武帝第二十五子,为汉王刘聪所弑,在位七年④。元帝,宣帝曾孙,愍帝遇害,即位建康,为东晋,在位六年。明帝,元帝长子,克复大业,在位三年。成帝,明帝子,在位十七年。康帝,成帝之弟,在位二年。穆帝,康帝太子,在位十七年。哀帝,成帝长子,在位四年⑤。帝奕,哀帝之弟,在位五年。简文,元帝少子,在位二年。孝武,简文第三子,在位二十四年。安帝,孝武太子,被刘裕缢杀之,在位二十二年。恭帝,安帝之弟,在位二年,为刘裕所弑。

南　北　朝

南:宋,八主,五十九年;齐,七主⑥,二十四年;梁,四主,五十五年;陈,五主,三十三年。北:隋,三主,三十年。

---

① "至",原衍作"至至"。
② "奂",原作"兴"。
③ "亮"下,遗"休"。
④ "七年",原作"四年"。下遗愍帝在位五年。
⑤ "在"前,原有"四年",与"位"下"四年"重出,衍文。
⑥ "主",原作"王"。

宋：武帝，姓刘名裕，小字寄奴，仕晋，封宋王①，受晋禅，在位三年；少帝，武帝太子，在位一年；文帝，武帝第三子，在位三十年，为太子劭所弑②；孝武帝，文帝二子，起兵诛劭，遂立，在位十一年③；废帝，孝武帝太子，在位十八月；明帝，文帝第十一子，在位八年；苍梧王，明帝长子，在位四年，为萧道成所弑；顺帝，明帝三子，在位三年。

齐：高帝萧道成，仕宋，封齐王，受宋禅，在位四年；武帝，高帝太子，在位十一年；明帝，高帝兄子，在位五年；东昏侯，明帝太子，在位二年；和帝，明帝第八子，在位一年④。

梁：武帝萧衍，仕齐，封梁公，受齐禅，在位四十八年⑤；简文帝，武帝第二子，在位二年，为侯景所杀；孝元帝，武帝七子，在位三年；敬帝，元帝九子，在位三年。

陈：武帝陈霸先，仕梁⑥，封陈公，代梁，在位三年；文帝，武帝兄子，在位七年；临海王，文帝之太子，在位二年；宣帝，文帝弟，在位十四年；后主，宣帝太子，在位六年。

隋：文帝杨坚，仕北周，封隋王⑦，篡后周，灭陈，混一南北，国号隋，以火德王，在位二十四年；炀帝，文帝第二子，弑兄谋为太子，弑父自立，在位十二年；恭帝，文帝之孙，在位二年，禅位于唐。

唐

以己卯灭隋，癸未灭梁，甲申始立大统，终昭宣丁卯，凡十二帝，二百八十九年也。

高祖李渊，册唐公，受隋禅，在位九年。太宗，高祖次子，在位二十有三年。高宗，太宗子，立太宗才人武氏为后，在位三十有四年。中宗，高宗太子，即位三月，为母武后废为庐陵王。后改国号曰周，僭位二十一年而死。狄仁杰迎帝复位，凡六年。睿宗，中宗之弟，在位三

---

① "王"，原作"玉"。
② "劭"，原作"邵"。
③ "十一年"，原为"十五年"。
④ "一年"，原为"十一年"。
⑤ "四十八年"，原作"二十六年"。
⑥ "梁"，原作"晋"。
⑦ "王"，原作"主"。

年。玄宗,睿宗三子,在位四十三年。肃宗,玄宗太子,在位七年。代宗,肃宗太子,在位十七年。德宗,代宗之长子,在位二十五年。顺宗,德宗之太子,有疾,传位太子,在位一年。宪宗,顺宗之太子,在位十五年。穆宗,宪宗太子,在位四年。敬宗,穆宗之太子,在位二年。文宗,敬宗弟,在位十有四年。武宗①,文宗之弟,在位六年。宣宗,宪宗十三子,在位一十有三年。懿宗,宣宗之太子,在位一十有四年。僖宗,懿宗之太子,在位十五年。昭宗,懿宗第七子,在位十有五年。昭宣帝,昭宗子,在位三年,朱温篡之。唐遂亡。

五 代 纪

始后梁丁卯,终后周庚申,五代,共五十四年。

后梁:太祖朱温,仕唐,封梁王,弑昭宣帝,遂自称帝,在位六年;梁王瑱,太祖三子,在位十年。

后唐:庄宗李存勖(本姓朱邪,先世有功于唐,赐李姓),起兵灭梁,称帝,在位三年;明宗,李克用之养子,在位八年;闵帝,明帝太子,在位四月;废帝,明帝之养子,在位二年,自焚死。

后晋:高祖名敬塘,明宗婿,篡唐,在位七年;出帝,高祖兄,在位三年,为契丹所执。

后汉:高祖刘智远,逐契丹而代晋,在位二年;隐帝,高祖第二子,在位二年。

后周:太祖郭威②,仕汉,将士拥立之,在位三年;世宗,太祖养子,在位六年;恭帝,世宗太子,在位六月,禅位于宋。

宋

庚申受周礼禅,乙亥灭江南,正大统,终帝昺己卯③,凡十八帝,三百二十四年。

太祖赵匡胤,仕周,众将拥立之,以火德王,在位十六年。太宗,太祖之弟,在位二十二年。真宗,太宗第三子,在位二十五年。仁宗,真宗六子,在位四十二年。英宗,安懿王之子,在位四年。神宗,英宗长

---

① "武宗",原作"武帝"。
② "郭威",原作"郭成"。
③ "终",原作"统"。

子,在位十有八年。哲宗,神宗六子,在位一十有五年。徽宗,神宗十一子,在位二十五年,为金人逼之北去。钦宗,徽宗长子,为金人逼之北行,殂于金五国城,在位二年①。高宗,徽宗之九子,因徽、钦北狩,即位,号南宋,在位三十六年。孝宗,秀王子,在位二十七年。光宗,孝宗三子,在位五年。宁宗,光宗三子,在位三十年。理宗,太祖十世孙,在位四十年。度宗,理宗侄,在位十年。恭宗,度宗次子,为元兵执帝北狩,殂于沙漠,在位一年。端宗,度宗长子,为元兵迫于崩碙洲,在位三年。帝昺,度宗太子,溺于海,在位只一年。

元　纪

始己卯,终丁未,凡十帝,八十九年。

世祖,姓奇渥温,名忽必烈。初号蒙古,居乌拉之北,灭宋,承正统,在位三十一年②。成宗,世祖之孙,在位一十有三年。武宗,成宗之侄,在位四年。仁宗,武宗之弟,在位九年。英宗,仁宗嫡子,在位三年。泰宗,英宗长子,在位只有四年。明宗,武宗长子,在位八月③。文宗,明宗之弟,在位五年。宁宗,明宗次子,在位只二月。顺宗,明宗长子,在位三十五年④。明兴兵逐之。

明

以壬辰倡义起兵,戊申始正大统,终怀宗甲申,凡十六帝,二百七十七年。

明太祖朱元璋,布衣起兵,即位南帝位……二十二年⑤。仁宗,成祖子,在位未至一年。宣宗,仁宗之子,在位十年。英宗,宣宗太子,十四年亲征,北敌拥之去,乃立郕王,是为景帝,即位八月,帝归,居南宫,尊为上皇。景帝,宣宗次子,七年于位,不预上皇复位八年。宪宗,英宗长子,在位二十二年。孝宗,宪宗子,在位十八年。武宗,孝宗太子,

---

① "二年",原作"十年"。
② "三十一年",原作"十五年"。
③ "八月",原作"八年"。
④ "三十五年",原作"三十年"。
⑤ 此文显有讹误和遗缺。"二十二年"是成祖在位年数,前遗太祖在位三十一年,惠帝在位四年,并缺"成祖,太祖四子"等语。

在位十六年。世宗,武宗从弟,在位四十五年。穆宗,世宗太子……①在位四十八年。光宗,神宗太子,在位一月。熹宗,光宗太子,在位七年。怀宗,熹宗弟,为季,闻闯陷北京城,上登万寿山寿皇亭,自缢而死,在位十七年。

始太昊,终明怀宗,共四千八百十六年。

三元五腊圣诞日期

正月　初一日,天腊之辰,弥勒佛圣诞。初三日,孙真人圣诞;郝真人圣诞。初六日,定光佛圣诞。初八日,江东神圣诞。初九日,玉皇上帝圣诞。十三日,刘猛将军圣诞。十五日,上元天官圣诞;门神户尉圣诞;佑圣真君圣诞;正一靖应真君圣诞;混元皇帝西子帝君圣诞。初八日至十五日,显大神通降魔。此八日持斋,有十千万功德。

二月　初一日,太阳升殿之辰,宜焚香祭祀;勾陈圣诞;刘真人圣诞。初二日,土地正神圣诞。初三日,文昌梓潼帝君圣诞,宜诵救劫章一遍,消罪一劫。初四日,曹大将军圣诞。初五日,东华帝君圣诞②。初八日,张大帝圣诞;昌福真君圣诞;释迦文佛出家。此日诵经一卷,比常日有十千万之功德。十三日,葛真君圣诞。十五日,太上老君圣诞,诵《感应篇》一遍③,有十千万功德;精忠岳元帅圣诞。十七日,东方杜将军圣诞。十九日,观音菩萨圣诞。二十一日,普贤菩萨圣诞;水母圣诞。二十五日,玄天圣父明真帝圣诞。

三月　初三日,北极真武玄天上帝圣诞。初六日,眼光娘娘圣

---

① "穆宗,世宗太子",下缺"在位六年",而误书神宗为帝年数"四十八年",其前亦缺"神宗,穆宗太子"等语。
② "帝君",原作"地君"。
③ "感应篇",原夺"应"字。

诞①;张老相公圣诞。十二日,中央五道圣诞。十五日,昊天大帝圣诞;玄坛赵元帅圣诞;雷霆驱魔大将军圣诞即唐将雷万春;祖天师圣诞。十六日,准提菩萨圣诞;山神圣诞。十八日,后土娘娘圣诞;三茅真君得道;中狱大帝圣诞;玉阳真人圣诞。二十日,子孙娘娘圣诞。二十三日,天妃娘娘圣诞。二十八日,东狱大帝圣诞;苍颉至圣先师圣诞。

四月 初一日,萧公圣诞。初四日,文殊菩萨圣诞;狄梁公圣诞。初八日,释迦文佛圣诞。十三日,天尹真人圣诞;葛孝先真人圣诞。十四日,吕纯阳祖师圣诞。十五日②,钟离祖师圣诞③;释迦如来成佛。此日念真言一句,比常日有十千万功德。十八日,紫薇大帝圣诞;泰山顶上娘娘圣诞。二十日,眼光圣母娘娘圣诞。二十六日,钟山蒋公圣诞。二十八日,药王圣诞。

五月 初一日,南极长生大帝圣诞。初五日,地腊之辰,地祇温元帅圣诞;雷霆郑天君圣诞。初七日,朱太尉圣诞。初八日,南方五道圣诞。十一日,都城隍圣诞。十二日,炳灵公圣诞。十三日,关圣帝君降神。十六日,天地主气及造化万物之辰,最宜戒酒色禁忌。十八日,张天师圣诞④。二十日,丹阳马真人圣诞。二十九日,许威显王圣诞即唐朝忠臣许远也。

六月 初四日,南瞻部洲转大法轮。此日供养一日,比常日有十千万功德。初六日,崔府君圣诞;杨四将军圣诞。初十日,刘海蟾帝君圣诞。十一日,井泉龙王圣诞。十九日,观音菩萨成道。二十三日,火神圣诞⑤;关圣帝君圣诞;王灵官

---

① "圣"下,原衍一"圣"字。
② 原文无"十"字。
③ "圣诞",原夺"诞"字。
④ "张天师",原夺"师"字。
⑤ "诞"前,原夺"圣"字。

圣诞；马神圣诞。二十四日，雷祖圣诞。二十六日，二郎真君圣诞。二十九日，天枢左相真君圣诞即宋文丞相也。

七月　初七日，道德腊之辰。十二日，长真谭真人圣诞。十三日，大势至菩萨圣诞。十五日，中元地官圣诞；灵济真君圣诞。十八日，王母娘娘圣诞。十九日，值年太岁圣诞。二十一日，普庵祖师圣诞；上元道化真君圣诞即唐真君。二十二日，增福财神圣诞。二十三日，天枢上相真君圣诞即汉诸葛丞相。二十四日，龙树王菩萨圣诞。三十日，地藏王菩萨圣诞。

八月　初一日，神功妙济真君圣诞即许真君。初三日，灶君圣诞。初三日、二十七日，北斗星君下降。初五日，雷声大帝圣诞。初十日，北岳大帝圣诞。十二日，西方五道圣诞。十五日，太阴朝元之辰，宜守夜焚香。十八日，酒仙圣诞。二十二日，燃灯古佛圣诞。二十三日，伏魔副将张显王圣诞即汉朝桓侯张冀德也。

九月　初一日，南斗下降之辰。初一至初九，乃北斗九皇降世之辰，世人斋戒，此日胜常日，有无量功德。初三日，五瘟圣诞。初九日，斗母元君圣诞；玄天上帝飞升；重阳帝君圣诞；丰都大帝圣诞；蒿里圣诞；梅葛二仙公圣诞。十六日，机神圣诞。十七日，金龙四大王圣诞；洪恩真君圣诞。二十三日，萨真人圣诞。二十八日，五显灵官圣诞；马元帅圣诞。三十日，药师琉璃光王佛圣诞。

十月　初一日，民岁腊之辰；东皇大帝圣诞；下元定志周真君圣诞。初三日，三茅应化真君圣诞。初五日，达摩祖师圣诞。初六日，天曹诸司五岳五帝圣诞。初八日，涅槃。此日放生一个，比常日有十千万功德；此日作一罪业，比常日有十千万罪业。十五日，下元水官圣诞；痘神刘师者之圣诞。二十日，虚靖天师圣诞即三十代天师弘悟张真人。二十七日，北极紫微大帝之圣诞。

十一月　初四日，大成至圣先师文宣王孔子仲尼之圣诞。初六日，西岳大帝圣诞。十一日，太乙救苦天尊圣诞。十七日，阿弥陀佛圣诞。十九日，光天子圣诞；大慈至圣九莲菩萨圣诞。二十三日，南斗下降；张仙圣诞。二十六日，北方五道圣诞。

十二月　初一日，念经一卷，比常日念经胜如十千万功德。初八日，王侯腊之辰；张英济王圣诞即唐朝忠臣张巡；释迦如来成佛。此日念经一卷，可比常日念经胜如十千万功德。十六日，南岳大帝圣诞。二十日，鲁班圣诞。二十一日，天猷上帝圣诞。二十四日，司命灶君上天朝玉帝，奏人善恶，二十三日夜，天下人民焚香祀送。二十九日，华严菩萨圣诞。三十日，诸佛下界探访善恶，宜持斋焚修。

每月初八日、十四日、十五日、二十三日、二十九日、三十日，北斗下降之辰，宜持斋念佛，诵经礼忏，胜如常日有十千万功德出《西天王经》。

十殿阎君圣诞日期

正月初八日，五殿阎君天子圣诞。二月初一日，一殿秦广王圣诞；初八日，三殿宋帝王圣诞；十八日，四殿五官王圣诞。三月初一日，二殿楚江王圣诞；初八日，六殿卞城王圣诞；二十七日，七殿泰山王圣诞。四月初一日，八殿都市王圣诞；初八日，九殿平等王圣诞；十七日，十殿转轮王圣诞。

每逢十王之圣诞日期，可虔诚斋戒、供奉，不能堕落地狱受苦，可早超生天界也。

庙中雕塑神像吉日：宜天、月德，天、月德合，黄道，生气，福生，显星及除、满、成、开日；忌神号鬼哭日，月厌、黑道诸凶日。

神像开光吉日：若在春秋二季，用心、危、毕、张四宿值日，属太阴吉；夏冬二季，用房、虚、昴、星四宿值日，属太阳吉。

准提十日斋：初一、初八、十四、十五、十八、二十三、二十四、二十八、二十九、三十。月小：二、十七、二十四、二十九。

看男女值年星辰属命之图

　　十一岁，男土星，女火星。十二岁，男水星，女木星。十三岁，男金星，女太阴。十四岁，男太阳，女土星。十五岁，男火星，女罗睺。十六岁，男计都，女太阳。十七岁，男太阴，女金星。十八岁，男木星，女水星。十九岁，男罗睺，女计都。二十岁，男土星，女火星。二十一岁，男水星，女木星。二十二岁，男金星，女太阴。二十三岁，男太阳，女土星。二十四岁，男火星，女罗睺。二十五岁，男计都，女太阳。二十六岁，男太阴，女金星。二十七岁，男木星，女水星。二十八岁，男罗睺，女计都。二十九岁，男土星，女火星。三十岁，男水星，女木星。三十一岁，男金星，女太阴。三十二岁，男太阳，女土星。三十三岁，男火星，女罗睺。三十四岁，男计都，女太阳。三十五岁，男太阳，女金星。三十六岁，男木星，女水星。三十七岁，男罗睺，女计都。三十八岁，男土星，女火星。三十九岁，男水星，女木星。四十岁，男金星，女太阴。四十一岁，男太阳，女土星。四十二岁，男火星，女罗睺。四十三岁，男计都，女太阳。四十四岁，男太阴，女金星。四十五岁，男木星，女水星。四十六岁，男罗睺，女计都。四十七岁，男土星，女火星。四十八岁，男水星，女木星。四十九岁，男金星，女太阴。五十岁，男太阳，女土星。五十一岁，男火星，女罗睺。五十二岁，男计都，女太阳。五十三岁，男太阴，女金星。五十四岁，男木星，女水星。五十五岁，男罗睺，女计都。五十六岁①，男土星，女火星。五十七岁，男水星，女木星。五十八岁，男金星，女太阴。五十九岁，男太阳，女土星。六十岁，男火星，女罗睺。六十一岁，男计都，女太阳。六十二岁，男太阴，女金星。六十三岁，男木星，女水星。六十四岁，男罗睺，女计都。六十五岁，男土星，女火星。六十六岁，男水星②，女木星。六十七岁，男金星，女太阴。六十八岁，男太阳，女土星。六十九岁，男火星，女罗睺。七十岁，

---

① 原文无"十"字。
② "星"，原作"男"。

男计都,女太阳。七十一岁,男太阴,女金星。七十二岁,男木星,女水星。七十三岁,男罗睺,女计都。七十四岁,男土星,女火星。七十五岁,男水星,女木星。七十六岁①,男金星,女太阴。七十七岁,男太阳,女土星。七十八岁,男火星,女罗睺。七十九岁②,男计都,女太阴。八十岁,男太阴,女金星。八十一岁,男木星,女水星。八十二岁,男罗睺,女计都。八十三岁,男金星,女火星。八十四岁,男水星,女木星。八十五岁,男金星,女太阴。八十六岁,男太阳,女土星。八十七岁,男火星,女罗睺。八十八岁,男计都,女太阳。八十九岁,男太阴,女金星。九十岁,男木星,女水星。九十一岁,男罗睺,女计都。九十二岁,男土星,女火星。九十三岁,男水星,女木星。九十四岁,男金星,女太阴。九十五岁,男太阳,女土星。九十六岁,男火星,女罗睺。九十七岁,男计都,女太阳。九十八岁,男太阴,女金星。九十九岁,男木星,女水星。

诗曰:此星人命喜燃灯,保汝平安福寿增。男女行年宜解祭,九星下界要虔诚。

凡人生命行年值某位星君,按后开下界日期虔诚斋戒,燃灯祭之,士人加官进禄,商贾利增百倍。妇人遇吉星祭之,求子得子③;遇凶星祭之,可免灾厄也。

行年值太阳,终岁得安康。男子重重喜,女人有灾殃。

名曰太阳星,辉光天下,无处不明朗。主远行有财,大人见喜,添人进口,万事和合。惟女人不喜此星,宜禳解方吉。

每月二十七日下界,用黄纸牌位,写"日宫太阳帝子星君",灯十二盏,正西祭之大吉。

行年值太阴,诸事遂其心。求名并求利,前程宜远行。

名曰注阳星,宜见官有理。男子出入,凡事遂心;女人有疾厄产患之危。

每月二十六日下界。用黄纸牌位,写"月宫太阴皇后星君",灯七盏,正西祭之大吉。

---

① 原文无"十"字。
② 原文无"十"字。
③ "求子",原作"求予"。

行年值木星，不利是阴人。虽见微小疾，未为岁月迍。

名曰朝元星，其年男子有眼目之疾，阴人有血光之灾；不妨婚姻和合，人口平安。

每月二十五日下界。用青纸牌位，写"东方甲乙木德星君"，用灯二十盏，正西祭之大吉。

行年值火星，守旧且潜身。女人多灾厄，男命不离刑。

名曰灾星，主人一年之内多生疮疾。女人产难血光，男子官灾不利。人口不安，六畜不旺，自宜谨慎可也。

每月二十九日下界。用红纸牌位，写"南方丙丁火德星君"，用豆油灯十五盏，正西祭之大吉。

行年值土星，官事来相侵。出入多不顺，隄防小人惊。

名曰厄星，此年见灾不安，家宅啾唧，夜多梦见，六畜不利，不宜远行。

每月十九日下界。宜用黄纸牌位一个，上写"中央戊己土德星君"，用豆油灯五盏，正西祭之大吉。

行年值金星，凡事不遂心。男子忧还可，大忌是女人。

名曰朝阳星，贵人见喜，添人进口，婚姻嫁娶，恐有肚腹之灾厄，出入须提防小人不足①。

每月十五日下界。用白纸牌位，写"西方庚辛金德星君"，灯八盏，正西祭之大吉。

行年值水星，财喜主重兴。男子福禄至，女子口舌侵。

名曰福禄星，大人见喜，远行有财，添人进口；女人不利，无灾难，不宜渡河。

每月二十一日下界。用皂纸牌位，写"北方壬癸水德星君"，灯七盏，正西祭之大吉。

行年值罗睺，主人百事忧。男子官灾至，女人也闷愁。

名曰口舌星，主见官是非口舌、眼目之疾②，女人见血光产鬼之厄。

每月初八日下界。用黄纸作成牌位，上边可写"天官神首罗睺星

---

① "提防"，原作"隄隄"。
② 原文无"是"字。

君",用豆油瓦灯九盏,正北祭之大吉①。

行年值计都,灾害不时无。阴人防口舌,犹是大丈夫。

名曰凶星,大人不喜,六畜不利,阴人主口舌是非。宜出入,远行有财,在家亦有暗昧之事。

每月十八日下界。用黄纸牌位,上边可写"天尾官分计都星君",用小瓦灯二十盏,正西祭之大吉。

二十八宿值日吉凶歌②

角 木 蛟 吉

角星造作主荣昌,外进田财及女郎。娶嫁婚姻生贵子,文人及第见君王。惟有葬埋不可用,三年之后主瘟瘼。起工修筑坟墓地,堂前立见主人亡。

亢 金 龙 凶

亢星造作长房当,十日之中主有殃。田地消磨官失职,投军定是虎狼伤。嫁娶婚姻用此日,儿孙新妇守空房。埋葬若还逢此日,当时灾祸主重丧。

氐 土 貉 凶

氐星造作主灾凶,费尽田园仓库空。埋葬不可用此日,悬绳吊颈祸重重。若是婚姻离别散,夜招浪子入房中。行船必定遭沉没,更生聋哑子孙穷。

房 日 兔 吉

房星造作田园进,血财牛马遍山冈③。更招外处田庄宅,荣华富贵

---

① 此下原有"行年值土星"等三十六字,与前文重复(惟"梦见"作"怪梦",其余全同),衍文。
② 此歌实只二十四宿,缺娄、胃、昴、毕四宿。
③ "血"字,疑误。

福寿康。埋葬若然用此日,高官进职拜君王。嫁娶嫦娥归月殿,三年抱子至朝堂。

心 月 狐 凶

心星造作大为凶,更遭刑讼狱囚中。忤逆官非田宅退,埋葬暴卒死相从。婚姻若是逢此日,子死儿亡泪满胸。三年之内连遭祸,事事教君没始终。

尾 火 虎 吉

尾星造作得天恩,富贵荣华福寿宁。招财进宝置田地,和合婚姻贵子孙。埋葬若能依此日,男清女正子孙兴。开门放水招田地,代代公侯远播名。

箕 水 豹 吉

箕星造屋作主高①,岁岁年年大吉昌。埋葬修坟大吉利,田蚕牛马遍山冈。开门放水招财谷,箧满金银谷满仓。福荫高官加禄位,六亲丰禄足安康。

斗 木 獬 吉

斗星造作主招财,文武官员位鼎台。田宅钱财千万进,坟茔修筑富贵来。开门放水招牛马,旺财男女主和谐。遇此吉星来照护,时支福庆永无灾。

牛 金 牛 凶

牛星造作主灾危,九横三灾不可推。家宅不安人口退,田蚕不利主人衰。嫁娶婚姻皆自损,金银财谷渐无人。若是开门并放水,牛猪羊马亦伤悲。

---

① "箕星造屋作主高",后四字疑有误。原因有三:一是前多首首句前四字皆为"某星造作",唯此句改"造作"为"造屋";二是各首首句末字为平声者,均与其后双句末字押韵,唯此"高"字例外;三是"作主高"欠通。

女 土 蝠 凶

女星造作损婆娘,兄弟相嫌似虎狼。埋葬生灾逢鬼怪,颠邪疾病更瘟瘟。为事遭官财失散,泻痢留连不可当。开门放水逢此日,全家散败主离乡。

虚 日 鼠 凶

虚星造作主灾殃,男女孤眠不一双。内乱风声无礼节,儿孙媳妇伴人床。开门放水招灾祸,虎咬蛇伤及卒亡。三三五五连年病,家破人亡不可当。

危 月 燕 凶

危星不作造高堂,自吊遭刑见血光。三岁孩儿遭水厄,后生出外不还乡。埋葬若还逢此日,周年百日卧高床。开门放水遭刑杖,三年五载亦悲伤。

室 火 猪 吉

室星造作进田牛,儿孙代代近王侯。富贵荣华天上至,寿如彭祖八千秋。开门放水招财帛,和合婚姻生贵儿。埋葬若能依此日,门庭兴旺福无休。

壁 水 貐 吉

壁星造作进良田,丝蚕大熟福滔天。奴婢自来人口进,开门放水出英贤。埋葬招财官品进,家中诸事乐陶然。婚姻吉利生贵子,早播名声著祖鞭。

奎 木 狼 凶

奎星造作得祯祥,家下荣和大吉昌。若是葬埋阴卒死,当年定主两三丧。看看军令刑伤到,重重官事主瘟瘟。开门放水招灾祸,三年两次损儿郎。

觜 火 猴 凶

觜星造作有徒刑,三年必定主伶仃。埋葬卒死多由此,取定寅年便杀人。三丧不止皆由此,一人药毒二人身。家门田地皆退让,仓库金银化作尘。

参 水 猿 吉

参星造作旺人家,文星昭耀大光华。只因造作田财旺,埋葬招疾丧黄沙。开门放水加官职,房房子孙见田加。婚姻许定遭刑尅,男女朝开暮落花。

井 水 犴 吉

井星造作旺蚕田,金榜题名第一先。埋葬须防惊卒死,忽癫疯疾入黄泉。开门放水招财帛,牛马猪羊旺莫言。寡妇田塘来入宅,儿孙兴旺有余钱。

鬼 金 羊 凶

鬼星起卒人多亡,堂前不见主人郎。埋葬此日官禄至,儿孙代代近君王。开门放水须伤死,嫁娶夫妻不久长①。修土筑墙伤产女,手扶双女泪汪汪。

柳 土 獐 凶

柳星造作主遭官,昼夜偷闲不暂安。埋葬瘟瘟多疾病,田园退尽守孤寒。开门放水招聋瞎,腰驼背曲似弓弯。更有棒刑宜谨慎,妇人随客走盘桓。

星 日 马 凶

星宿日好造新房,进职加官近帝王。不可埋葬开放水,凶星临位

---

① "久长",原作"长久"。

女人亡。生离死别无心恋,自要归休别嫁郎。孔子九曲珠难度,放水开沟天命伤。

张 月 鹿 吉

张星日好造龙轩,年年便见进庄田。埋葬不久升官职,代代为官近帝前。开门放水招财帛,婚姻和合福绵绵。田蚕大利仓库满,百般利益自安然①。

翼 火 蛇 凶

翼星不到架高堂,三年二载见瘟瘟。埋葬若还逢此日,子孙必定走他乡。婚姻此日不宜利,归家定是不相当。开门放水家须破,少女贪花恋外郎。

轸 水 蚓 吉

轸星临水造龙宫,代代为官受敕封。富贵荣华增福寿,库满仓盈自昌隆。埋葬文星来照助,宅舍安宁不见凶。更有为官沾帝宠,婚姻龙子出龙宫。

二十八宿值日占风雨阴晴歌

春　季

虚、危、室、壁多风雨②,若遇奎星天色晴。娄、胃乌风天冷冻,昴、毕温和天又明。觜、参、井、鬼天见日,柳、星、张、翼阴还晴。轸、角二星天少雨,或起风云傍岭行。亢宿大风起沙石,氐、房、心、尾雨风声。箕、斗濛濛天少雨,牛、女微微作雨声。

---

① "利益",原作"利意"。
② "虚",原作"虎"。

夏　季

虚、危、室、壁天半阴，奎、娄、胃宿雨冥冥。觜、参二宿天又阴，昴、毕二星天又晴①。井、鬼、柳、星晴或雨，张星、轸、翼又晴明。角、亢二星太阳见，氐、房二宿大山风。心、尾依然宿作雨，箕、斗、牛、女遇天晴。

秋　季

虚、危、室、壁震雷惊，奎、娄、胃、昴雨淋庭。毕、觜、参、井晴又雨，鬼、柳云开客便行。星、张、翼、轸天无雨，角、亢二星风雨声。氐、房、心、尾必有雨，箕、斗、牛、女雨濛濛。

冬　季

虚、危、室、壁多风雨，若遇奎星天色晴。娄、胃雨声天冷冻，昴、毕之期天又晴。觜、参二宿半时晴，井、鬼二星天色黄。莫道柳、星云雾起，天寒风雨有严霜。张、翼风雨又见日，轸、角夜雨日还晴。亢宿大风起沙石，氐、房、心、尾雨风声。箕、斗二星天有雨，牛、女阴凝天又晴。占卜阴晴真妙诀，仙贤秘密不虚名。掌上输星天上应，定就乾坤阴与晴。

猫眼定时辰歌诀

子、午、卯、酉一条线，寅、申、巳、亥圆如镜②，辰、戌、丑、未枣核形③，十二时辰如诀定④。

---

① "又晴"，原作"有雨"。
② "巳"，原作"己"。全文如此，下不再注。
③ "戌"，原作"戍"。全文如此，下不再注。
④ "诀"，原作"缺"。

定寅时歌诀

正、九五更二点彻,二、八五更四点歇。三、七平光是寅时,四、六日出寅无别。五月日高三丈地,十月、十二四更二。仲冬才到四更初,便是寅时须切记。

定太阳出没歌

正、九出乙入庚方,二、八出兔入鸡肠。三、七发甲入辛地,四、六生寅入戌方。五月生艮归乾土,仲冬出巽入坤方。惟有十月、十二月,出辰入申仔细详。

定太阴出没歌①

初三庚兮初八丁,十三乾上月华临。十八巽宫廿三艮②,廿八坤兮五日轮。

定太阴出时歌

三辰五巳八午汁③,初十出未十三申。十五酉时十八戌,二十亥上记其神。二十三日子时出,二十六日丑时行。二十八日寅上立,三十加来卯上轮。

起九星歌

四孟甲子起妖星,仲冬甲子惑星临。季月禾刀为甲子,人专诸事

---

① "阴",原作"阳"。
② "艮",原作"良"。
③ "午",原作"五";"汁",读 xié,通"协"。

并清宁。煞贡一星为大吉,直星行事可人心。卜木、角巳为凶恶,九星相配顺流行。立早、妖星、惑星共,禾刀四曜有灾逆①。

假如正、四、七、十月四孟月甲子之日起妖星,乙丑日是惑星,丙寅之日是禾刀,丁卯煞贡,戊辰直星,己巳卜木,庚午角巳,辛未人专②,壬申立早,癸酉又妖星,甲戌又惑星。下仿此也。

金 符 经

正月、四月、七月、十月四孟之月甲子日起妖星。

甲子妖星乙丑惑星丙寅禾刀丁卯煞贡戊辰直星己巳卜木庚午角巳辛未人专壬申立早癸酉妖星甲戌惑星乙亥禾刀丙子煞贡丁丑直星戊寅卜木己卯③角巳庚辰人专辛巳立早壬午妖星癸未惑星甲申禾刀乙酉煞贡丙戌直星丁亥卜木戊子角巳己丑人专庚寅立早辛卯妖星壬辰惑星癸巳禾刀甲午煞贡乙未直星丙申卜木丁酉角巳戊戌人专己亥立早庚子妖星辛丑惑星壬寅禾刀癸卯煞贡甲辰直星乙巳卜木丙午角巳丁未人专戊申立早己酉妖星庚戌惑星辛亥禾刀壬子煞贡癸丑直星甲寅卜木乙卯角巳丙辰人专丁巳立早戊午妖星己未惑星庚申禾刀辛酉煞贡壬戌直星癸亥卜木

二月、五月、八月、十一月四仲之月甲子起惑星。

甲子惑星乙丑禾刀丙寅煞贡丁卯直星戊辰卜木己巳角巳庚午人专辛未立早壬申妖星癸酉惑星甲戌禾刀乙亥煞贡丙子直星丁丑卜木戊寅角巳己卯人专庚辰立早辛巳妖星壬午惑星癸未禾刀甲申煞贡乙酉直星丙戌卜木丁亥角巳戊子人专己丑立早庚寅妖星辛卯惑星壬辰禾刀癸巳煞贡甲午直星乙未卜木丙申角巳丁酉人专戊戌立早己亥妖星庚子惑星辛丑禾刀壬寅煞贡癸卯直星甲辰卜木乙巳角巳丙午人专丁未立早戊申妖星己酉惑星庚戌禾刀辛亥煞贡壬子直星癸丑卜木甲寅角巳乙卯人专丙辰

---

① "曜",原作"体",欠通,此据明万历版佚名氏《宅宝经》所引《起九星诀》正误,"四曜"即指歌诀此二句之谓立早、妖星、惑星与禾刀。

② "未",原作"木"。

③ "己",原作"乙"。

立早丁巳妖星戊午惑星己未禾刀庚申煞贡辛酉直星壬戌卜木癸亥角巳
三月、六月、九月、十二月四季之月甲子日起禾刀。

甲子禾刀乙丑煞贡丙寅直星丁卯卜木戊辰角巳己巳人专庚午立早辛未妖星壬申惑星癸酉禾刀甲戌煞贡乙亥直星丙子卜木丁丑角巳戊寅人专己卯立早庚辰妖星辛巳惑星壬午禾刀癸未煞贡甲申直星乙酉卜木丙戌角巳丁亥人专戊子立早己丑妖星庚寅惑星辛卯禾刀壬辰煞贡癸巳直星甲午卜木乙未角巳丙申人专丁酉立早戊戌妖星己亥惑星庚子禾刀辛丑煞贡壬寅直星癸卯卜木甲辰角巳乙巳人专丙午立早丁未妖星戊申惑星己酉禾刀庚戌煞贡辛亥直星壬子卜木癸丑角巳甲寅人专乙卯立早丙辰妖星丁巳惑星戊午禾刀己未煞贡庚申直星辛酉卜木壬戌角巳癸亥人专

妖　　星

凡上官、嫁娶、起造、开店、移徙、入宅犯此①，一年之内人口灾凶，官司，失盗，田宅退败，定损长男，或有口舌。自东方、南方二方来也。

惑　　星

凡造作、嫁娶、移徙、上官、开店、葬埋犯此，一年之内百事衰败，六畜死伤，生子不肖，妇人主淫乱，官司、失盗②，被人欺骗，小口有灾。

禾　　刀

凡上官、造作、起盖、嫁娶、移徙、开店犯此，一年之内主疾病、孝服、虎伤杀人之事，血光之灾，奴仆不利也。

煞　　贡

凡造作、起盖、嫁娶、移徙、上官、造桥梁、葬埋，若是遇此，三年之

---

① "入宅"，原作"人宅"。
② "失盗"，原作"火盗"。

内有官者禄位高选,无官者田宅进益。主有贵子,父慈子孝,奴仆成行,所为多吉。

直　星

凡上官、嫁娶、开店、修造、葬埋,凡遇此,三年之内有吉庆事。居官者可加官进禄,庶人可百事称心,生财致富。若是遇金神七煞日必凶。

金神七煞:甲年,午、未日。乙年,辰、巳日。丙年,子、丑、寅、卯日。丁年,戌、亥日。戊年,申、酉日。己年,午、未日。庚年,辰、巳日。辛年,子、丑、寅、卯日。壬年,戌、亥日。癸年,申、酉日。

卜　木

凡造作、嫁娶、移徙、开店、葬埋遇此,三年之内出疯疾之人,又主大惊哀哭,官司口舌,兄弟不和,财物耗散,六畜不旺,百事衰败。

角　巳

凡造作、嫁娶、移徙、开店、葬埋、上官犯此,二年之内主有腹疾、枷扭、失盗之厄,家业退败之祸。

人　专

凡造作、嫁娶、移徙、上官、入宅、开店、葬埋遇此,一年之内主有贵子;三年之内有官者升官,无官者所为吉庆,大发财谷,得外人力。僧道用之俱吉。

立　早

凡造作、嫁娶、开张、上官、赴任、修造犯此者,一年之内人口散失,所为不利,家宅破亡;竖柱上梁主匠人有血之灾,阴人有口舌之祸。

以上九星①,惟煞贡、直星、人专三星能解诸凶,百事大吉。

逐月吉星总图 日横看去,月直看下②

月	正	二	三	四	五	六	七	八	九	十	十一	十二
天德 百事吉。	丁	申	壬	辛	亥	甲	癸	寅	丙	乙	巳	庚
月德 百事吉。	丙	甲	壬	庚	丙	甲	壬	庚	丙	申	壬	庚
天德合 百事吉。	壬	巳	丁	丙	寅	己	戊	亥	辛	庚	申	乙
月德合 百事吉,忌词讼。	辛	己	丁	己	辛	丁	丁	乙	辛	己	丁	乙
天喜 宜婚姻,纳采,求嗣,百事吉利。	戌	亥	子	丑	寅	卯	辰	巳	午	未	申	酉
天福 即满日,宜造葬、作仓库,百事吉。	辰	巳	午	未	申	酉	戌	亥	子	丑	寅	卯
天贵 百事吉。	春甲乙 夏丙丁 秋庚辛 冬壬癸											
天赦 宜疏狱③,沐浴,祀神,还愿,百事吉。忌动土。遇开日是真天赦。五月甲午日、十一月甲子日天赦。	春庚寅 夏甲午 秋戊申 冬甲子											
天富 宜上官,入宅,送礼百事皆吉。	己戊 辛庚		癸壬		乙甲		丁丙					
天成	未	酉	亥	丑	卯	巳	未	酉	亥	丑	卯	巳
天官	戌	子	寅	辰	午	申	戌	子	寅	辰	午	申
天医 即闭日,宜求医合药,治百病。	丑	寅	卯	辰	巳	午	未	申	酉	戌	亥	子
天马	午	申	戌	子	寅	辰	午	申	戌	子	寅	辰
天财	辰	午	申	戌	子	寅	辰	午	申	戌	子	寅
地财 宜入财。	巳	未	酉	亥	丑	卯	巳	未	酉	亥	丑	卯
月财 宜开店,修仓库,作灶出行,移徙。	午	巳	巳	未	酉	亥	午	巳	巳	未	酉	亥
月恩 百事吉。	丙	丁	庚	己	戊	辛	壬	癸	庚	乙	甲	辛
月空 宜上疏陈策,造床帐,修屋。	壬	庚	丙	甲	壬	庚	丙	甲	壬	庚	丙	甲

---

① "以上",原作"己上"。

② "日横看去,月直看下",原书为竖行,作"月横看去,日直看下"。下《逐月凶星总局》《逐月吉凶日》同,不再说明。

③ "狱",原作"岳"。

母仓	四季土王后己午日为母仓。	春亥子 夏寅卯 秋辰丑/戌未 冬申酉
明星	宜上官,词讼,造葬,百事吉。	申戌子寅辰午申戌子寅辰午
圣心		亥巳子午丑未寅申卯酉辰戌
五富	百事。	亥寅巳申亥寅巳申亥寅巳申
禄库	宜入财。	辰巳午未申酉戌亥子丑寅卯
福生		酉卯戌辰亥巳子午丑未寅申
福厚		春寅　夏巳　秋申　冬亥
吉庆		酉寅亥辰丑午卯申巳戌未子
阴德		酉未巳卯丑亥酉未巳卯丑亥
活曜	与受死日同则凶。	巳戌未子酉寅亥辰丑午卯申
解神	宜疏讼狱,解冤咒。	申申戌戌子子寅寅辰辰午午
生气	宜修造,运土,种植。百事皆吉利。	子丑寅卯辰巳午未申酉戌亥
普护	宜祈福,嫁娶,出行。百事大吉利。	申寅酉卯戌辰亥巳子午丑未
益后	宜嫁娶,立嗣,纳婢。百事大吉利。	子午丑未寅申卯酉辰戌巳亥
续世	宜同前。	丑未寅申卯酉辰戌巳亥午子
要安	百事吉。	寅申卯酉戌巳亥午辰子未丑
驿马	百事吉。	申巳寅亥申巳寅亥申巳寅亥
官日	即将安。	卯　　午　　酉　　子
民日	即成熟。	午　　酉　　子　　卯
守日	即寡怨。	酉　　子　　卯　　午
旺日		甲乙寅卯丙丁巳午 庚辛申酉/壬癸亥子
相日		春巳午 夏辰戌/丑未 秋亥子 冬寅卯
三合	百事吉。	午未申酉戌亥子丑寅卯辰巳/戌亥子丑寅卯辰巳午未申酉
六合	百事吉。	亥戌酉申未午巳辰卯寅丑子
大红纱	百事吉。	春戌子 夏辰巳 秋午未 冬申戌

天恩　百事吉。

　　　　　四忌何日是天恩？甲子、乙丑、丙寅连。
　　　　　丁卯、戊辰兼己卯，庚辰、辛巳、壬午言。
　　　　　癸未隔求己酉日，庚戌、辛亥亦同联。
　　　　　壬子、癸丑无差误，此是天恩吉日传。

天瑞　百事吉。　　四季天瑞是何辰？戊寅、己卯、辛巳真。
　　　　　庚寅、壬子无差别，百事逢之瑞气申。

岁德　宜上官，表进疏。　甲年在甲，乙年在庚，丙年在丙，丁年在壬，
　　　　　戊年在壬，己年在甲，庚年在庚，辛年在丙，
　　　　　壬年在壬，癸年在戊。

显星　宜赴任，应举　即煞贡。
　　入学，百事吉。

神在　宜求福，祭祀，还愿。　甲子、乙丑、丁卯、戊辰、辛未、壬申、癸酉、
　　　　　甲戌、丁丑、己卯、庚辰、壬午、甲申、乙酉、
　　　　　丙戌、丁亥、己丑、辛卯、甲午、乙未、丙申、
　　　　　丁酉、丙午、丁未、戊申、己酉、庚戌、乙卯、
　　　　　丙辰、丁巳、戊午、己未、辛酉、癸亥。

五合　诸事吉。　甲寅、乙卯日月合。　宜祭祀，修造，嫁娶。
　　　　　丙寅、丁卯阴阳合。　宜起造，营居。
　　　　　戊寅、己卯人民合。　宜参谒，嫁娶。
　　　　　庚寅、辛卯合石合。　宜砌石，镕铸。
　　　　　壬寅、癸卯江河合。　宜渔猎，远行。

逐月凶星总局（日横看去，月直看下）

月	正	二	三	四	五	六	七	八	九	十	十一	十二
天罡　一云灭门百事。	巳	子	未	寅	酉	辰	亥	午	丑	申	卯	戌
天吏	酉	午	卯	子	酉	午	卯	子	酉	午	卯	子
天瘟　忌修造，治病，作六畜栏。	未	戌	辰	寅	午	子	酉	申	巳	亥	丑	卯
天狱	子	卯	午	酉	子	卯	午	酉	子	卯	午	酉
天棒　忌词讼。	午	申	戌	子	寅	辰	午	申	戌	子	寅	辰

46　日本庆应义塾大学图书馆藏聊斋遗文

名目	宜忌	值日
天狗	每月满日是，宜开池，磨磨。	辰巳午未申酉戌亥子丑寅卯
天狗下食	忌祭祀。	子丑寅卯辰巳午未申酉戌亥 亥子丑寅卯辰巳午未申酉戌
天地正转	忌动土。	春乙卯/辛卯　夏丙午/戊午　秋辛酉/癸酉　冬壬子/丙子
月建转杀	忌动土。	春卯　夏午　秋酉　冬子
天地转杀	忌动土。	辰酉寅未子巳戌卯申丑午亥
天贼	忌竖造，入宅，动土，开库。	丑子亥戌酉申未午巳辰卯寅
地贼	忌造葬，出行，开池，动土。	子卯午酉子卯午酉子卯午酉
天火	忌盖屋，起造，修房。	戌酉申未午巳辰卯寅丑子亥
地火①	忌栽种五谷及花木。	巳辰卯寅丑子亥戌酉申未午
月火　独火	忌作灶，盖屋。	戌酉申未午巳辰卯寅丑子亥
月厌　大祸	忌嫁娶，出行。	申酉戌亥子丑寅卯辰巳午未
月破		丑戌未辰丑戌未辰丑戌未辰
月杀　月虚	忌造门，开张。	春巳酉丑　夏申子辰　秋亥卯未　冬寅午戌
荒芜	即九苦八穷日，百事凶。	戌辰亥巳子午丑未寅申卯酉
受死	百事忌，宜捕猎。	午未申酉戌亥子丑寅卯辰巳
死气官符	忌起造，安床。	春庚申/辛酉　夏壬子/癸亥　秋甲寅/乙卯　冬丙午/丁巳
正四废②	宜合寿木。	春庚辛巳酉丑　夏壬癸巳酉丑　秋甲乙巳酉丑　冬丙丁巳酉丑
旁四废③	宜合寿木。	午寅子　午寅子　午寅子　午寅子
小红沙	百事皆忌。	寅午戌巳酉丑申子辰亥卯未
黄沙	忌出行。	午未申酉戌亥子丑寅卯辰巳
六不成	忌起造。	巳午未申酉戌亥子丑寅卯辰
大耗	百事皆忌。	巳卯丑亥酉未巳卯丑亥酉未
小耗	忌出入财物。	酉未巳卯丑亥酉未巳卯丑亥
人隔	忌嫁娶，进人口。	

---

① "地火"，原作"天火"，与其前"天火"重出。

② "正四废"，原作"四正废"。

③ "旁四废"，"四"原作"正"。

历 字 文

名称	说明									
朱雀黑道	即飞流,忌入宅,开门。	卯	巳	未	酉	亥	丑	卯	巳	未	酉	亥	丑
白虎黑道	忌葬埋。	午	申	戌	子	寅	辰	午	申	戌	子	寅	辰
玄武黑道	即阴私,忌葬埋。	酉	亥	丑	卯	巳	未	酉	亥	丑	卯	巳	未
勾陈黑道	即土孛。	亥	丑	卯	巳	未	酉	亥	丑	卯	巳	未	酉
鲁班杀	忌竖造。	春	子	夏	卯	秋	午	冬	酉
斧头杀	忌起工建造。	春	辰	夏	未	秋	酉	冬	子
木马杀	忌匠起工。	巳	未	酉	申	戌	子	亥	丑	卯	寅	辰	午
刀砍杀	忌针灸,穿割六畜。	春	亥	子	夏	寅	卯	秋	巳	午	冬	申	酉
披麻杀	忌嫁娶,入宅。	子	酉	午	卯	子	酉	午	卯	子	酉	午	卯
五鬼	忌出行。	午	寅	辰	酉	卯	申	丑	巳	子	亥	未	戌
破败	忌造作器皿。	申	戌	子	寅	辰	午	申	戌	子	寅	辰	午
殃败		卯	寅	丑	子	亥	戌	酉	申	未	午	巳	辰
勾绞	与大祸同,百事凶。	亥	午	丑	申	卯	戌	巳	子	未	寅	酉	辰
雷公		寅	亥	巳	申	寅	亥	巳	申	寅	亥	巳	申
临日	忌上官。	午	亥	申	丑	戌	卯	子	巳	寅	未	辰	酉
冰消瓦陷	百事忌。	巳	子	丑	申	卯	戌	亥	午	未	寅	酉	辰
河魁	一云大祸。忌起造,安门。	亥	午	丑	申	卯	戌	巳	子	未	寅	酉	辰
飞廉大杀	忌收养六畜。	戌	巳	午	未	寅	卯	辰	亥	子	丑	申	酉
五虚		春 巳丑	酉	夏 申辰	子	秋 亥未	卯	冬 寅戌	午
枯鱼	忌栽种。	辰	丑	戌	未	子	酉	午	卯	寅	亥	申	巳
往亡	忌赴任,出行,嫁娶,求谋。	寅	巳	申	亥	卯	午	酉	子	辰	未	戌	丑①
九空	忌出行,求财,开仓库,种植。	辰	丑	戌	未	卯	子	酉	午	寅	亥	申	巳
八座地破	收日同。	亥	子	丑	寅	卯	辰	巳	午	未	申	酉	戌
血忌	忌针灸,穿割六畜。	丑	未	寅	申	卯	酉	辰	戌	巳	亥	午	子
血支	忌针灸,穿割六畜。	丑	寅	卯	辰	巳	午	未	申	酉	戌	亥	子
重丧	忌嫁娶,起造,葬埋。	甲	乙	己	丙	丁	己	庚	辛	己	壬	癸	己
重复	忌婚姻,丧葬。	庚	辛	己	壬	癸	戊	甲	乙	己	壬	癸	己

---

① "申",原讹作"甲"。

阴错	此阴阳不足之辰,忌上官。	庚戌	辛酉	庚申	丁未	丙午	丁巳	甲辰	乙卯	甲寅	癸丑	壬子	癸亥
阳错	忌出行,嫁娶,移居。	甲寅	乙卯	甲辰	丁巳	丙午	丁未	庚申	辛酉	庚戌	癸亥	壬子	癸丑
四时大墓		春乙未		夏丙戌		秋辛丑		冬壬辰					
土禁		春亥		夏寅		秋巳		冬申①					
土府	建日同忌动土。	寅	卯	辰	巳	午	未	申	酉	戌	亥	子	丑
土瘟		辰	巳	午	未	申	酉	戌	亥	子	丑	寅	卯
土忌		寅	巳	申	亥	卯	午	酉	子	辰	未	戌	丑

赤口日　忌嫁娶,交易,宴饮一切等事。　如正月,忌初三、初九、十五、廿一、廿七。直看赤口。大小空亡仿此。

初六	廿三	十二	初八	十六	廿四	初七	廿四	初四	十二	二十	初六
初三	初二	初一	初六	初五	初四	初三	初二	初一	初六	初五	初四
初九	初八	初七	十二	十一	初十	初九	初八	初七	十二	十一	初十
十五	十四	十三	十八	十七	十六	十五	十四	十三	十八	十七	十六
廿一	二十	十九	廿四	廿三	廿二	廿一	二十	十九	廿四	廿三	廿二
廿七	廿六	廿五	三十	廿九	廿八	廿七	廿六	廿五	三十	廿九	廿八

大空亡　忌出军,出行,经商交易,出入财物。

初六	初五	初四	初三	初二	初一	初八	初七	初六	初五	初四	初三
十四	十三	十二	十一	初十	初九	十六	十五	十四	十三	十二	十一
廿二	廿一	二十	十九	十八	十七	廿四	廿三	廿二	廿一	二十	十九
三十	廿九	廿八	廿七	廿六	廿五			三十	廿九	廿八	廿七

---

① "申",原讹作"甲"。

小空亡日　忌同前。

四方耗　忌开张。

天休废　忌上官赴任,入宅。

初一	初一	初八	初七	初六	初五	初四	初三	初二	初一
初十	初九	十六	十五	十四	十三	十二	十一	初十	初九
十八	十七	廿四	廿三	廿二	廿一	二十	十九	十八	十七
初六	初五	初四	初三	初二	初一	初八	初七	初六	初五
十四	十三	十二	十一	初十	初九	十六	十五	十四	十三
廿二	廿一	十八	初九	初八	初五	廿四	廿三	廿二	廿一
廿三	廿	廿三	廿	廿		廿三	廿	廿	
十	九	十	七	六	九		十	九	八
初二	初一	初八	初七	初六	初五	初四	初三	初二	初一
初十	初九	十六	十五	十四	十三	十二	十一	初十	初九
十八	十七	廿四	廿三	廿二	廿一	二十	十九	十八	十七
廿	廿		廿	廿	廿	廿	廿	廿	
六	五	十	九	八	七	六	五	四	三
初二	初三	初四	初五	初二	初三	初四	初五	初二	初三
初十	十一	十二	十三	初十	十一	十二	十三	初十	十一
十四	十三	十二	十三	十四	十三	十二	十三	十四	十三
初四	初十	廿	初十	廿	初十	廿	初十	廿	初十
九	八	七	九	八	七	九	八	七	

四不祥日：忌上官赴任。上官初四不为祥,初七、十六最堪伤；十九更嫌二十八,愚人不信有遭殃。

十恶大败日：百事忌。甲、己年：三月戊戌、七月癸亥、十月丙申、十二月丁亥；乙、庚年：四月壬申、九月乙巳；丙、辛年：三月辛巳、九月庚辰、十月甲辰；戊、癸年：六月己丑；丁、壬年：不忌。此是年干大败①。

十恶日歌：甲辰、乙巳与壬申，丙申、丁亥及庚辰，戊戌、癸亥加辛巳，己丑都来十位神。

　　何谓十恶大败？乃十干无禄。如甲辰旬，甲禄在寅，乙禄在卯；甲辰旬寅、卯落空亡。人依禄养生，禄空何以养命？所以谓十恶大败。

伏断日：宜小儿断乳，塞鼠穴，断白蚁。

　　子日虚星、丑斗、寅室、卯女、辰箕、巳房、午角、未张、申鬼、酉觜、亥壁。

上下兀日：忌上官赴任，临政亲民，入学。阳乾阴巽起正轮，月上初一并顺寻。巽上坤下为兀日，上官入学并遭迍。

上下兀日起法：甲、丙、戊、庚、壬为阳②，正月起乾。乙、丁、己、辛、癸为阴，正月起巽。如于正月乾上起初一，顺数到所用之日止，艮、坎、乾为三白日，离为九紫日，吉亦可用。巽为四绿上兀日，坤为二黑下兀日，不可用。

　　　　　　　　上　下　兀　图

五阳年		
上兀		下兀
巽	离	坤
十四	十五	十六
艮	坎	乾
九	三八二	七正

五阴年		
上兀		下兀
巽	离	坤
七正	八二	九三
艮	坎	离
十二	十六	十五十四

甲丙戊庚壬五阳年

正月同上兀下	初四	初十	十六	廿二	廿八
七	初六	十二	十八	廿四	三十
二月同上兀下	初三初五	初九十一	五十七	一廿十三	廿九三十
八					

---

① "大败"，原作"天败"。
② "戊"，原作"戌"。

<table><tr><td>三</td><td rowspan="2">月同</td><td>上</td><td rowspan="2">兀初</td><td>二</td><td rowspan="2">初</td><td>八</td><td rowspan="2">十</td><td>四</td><td>二十</td><td rowspan="2">廿</td><td>六</td></tr><tr><td>九</td><td>下</td><td>四</td><td>十</td><td>六</td><td>廿二</td><td>八</td></tr></table>

<table><tr><td>四</td><td rowspan="2">月同</td><td>上</td><td rowspan="2">兀初</td><td>一</td><td rowspan="2">初</td><td>七</td><td rowspan="2">十</td><td>三</td><td>十九</td><td rowspan="2">廿</td><td>五</td></tr><tr><td>十</td><td>下</td><td>三</td><td>九</td><td>五</td><td>廿一</td><td>七</td></tr></table>

<table><tr><td>五</td><td rowspan="2">月同</td><td>上</td><td rowspan="2">兀初</td><td>六</td><td>十二</td><td rowspan="2">十</td><td>八</td><td>廿四</td><td>三十</td></tr><tr><td>十一</td><td>下</td><td>二</td><td>初八</td><td>四</td><td>二十</td><td>廿六</td></tr></table>

<table><tr><td>六</td><td rowspan="2">月同</td><td>上</td><td rowspan="2">兀初</td><td>五</td><td>十一</td><td rowspan="2">十</td><td>七</td><td>廿三</td><td rowspan="2">廿</td><td>九</td></tr><tr><td>十二</td><td>下</td><td>一</td><td>初七</td><td>三</td><td>十九</td><td>五</td></tr></table>

乙丁己辛癸五阴年

<table><tr><td>正</td><td rowspan="2">月同</td><td>上</td><td rowspan="2">兀初</td><td>一</td><td rowspan="2">初</td><td>七</td><td rowspan="2">十</td><td>三</td><td>十九</td><td rowspan="2">廿</td><td>五</td></tr><tr><td>七</td><td>下</td><td>三</td><td>九</td><td>五</td><td>廿一</td><td>七</td></tr></table>

<table><tr><td>二</td><td rowspan="2">月同</td><td>上</td><td rowspan="2">兀初</td><td>六</td><td>十二</td><td rowspan="2">十</td><td>八</td><td>廿四</td><td>三十</td></tr><tr><td>八</td><td>下</td><td>二</td><td>初八</td><td>四</td><td>二十</td><td>廿六</td></tr></table>

<table><tr><td>三</td><td rowspan="2">月同</td><td>上</td><td rowspan="2">兀初</td><td>五</td><td>十一</td><td rowspan="2">十</td><td>七</td><td>廿三</td><td rowspan="2">廿</td><td>九</td></tr><tr><td>九</td><td>下</td><td>一</td><td>初七</td><td>三</td><td>十九</td><td>五</td></tr></table>

<table><tr><td>四</td><td rowspan="2">月同</td><td>上</td><td rowspan="2">兀初</td><td>四</td><td>初十</td><td rowspan="2">十</td><td>六</td><td rowspan="2">廿</td><td>二</td><td>二十</td></tr><tr><td>十</td><td>下</td><td>六</td><td>十二</td><td>八</td><td>四</td><td>三十</td></tr></table>

<table><tr><td>五</td><td rowspan="2">月同</td><td>上</td><td rowspan="2">兀初</td><td>三</td><td>初九</td><td rowspan="2">十</td><td>五</td><td rowspan="2">廿</td><td>一</td><td rowspan="2">廿</td><td>七</td></tr><tr><td>十一</td><td>下</td><td>五</td><td>十一</td><td>七</td><td>三</td><td>九</td></tr></table>

<table><tr><td>六</td><td rowspan="2">月同</td><td>上</td><td rowspan="2">兀初</td><td>二</td><td rowspan="2">初</td><td>八</td><td rowspan="2">十</td><td>四</td><td>二十</td><td rowspan="2">廿</td><td>六</td></tr><tr><td>十二</td><td>下</td><td>四</td><td>十</td><td>六</td><td>廿二</td><td>八</td></tr></table>

二十八宿值日上任时：日寅月卯水辰来，金巳土午木未该。火到申时方上印，二十八宿值时排。

上朔日：忌宴会作乐。甲年癸亥、乙年己巳、丙年乙亥、丁年辛巳、戊年丁亥、己年癸巳、庚年己亥、辛年乙巳、壬年辛亥、癸年丁巳。

火星日：忌修造、起盖、砌灶、裁衣等事。

正、四、七、十月：乙丑、甲戌、癸未、壬辰、辛丑、庚戌、己未。

二、五、八、十一月：甲子、癸酉、壬午、辛卯、庚子、己酉、戊午。

三、六、九、十二月：壬申、辛巳、庚寅、己亥、戊申、丁巳。

长短星：忌裁衣，纳采。正月初七、二十一，二月初四、十九，三月初一、十六，四月初九、二十五，五月十五、二十五，六月初十、二十,七月初八、二十三,八月初四、初五、十八、十九,九月初三、初四、十六、十七,十月初一、十四,十一月十一、二十二,十二月初九、廿五。

九土鬼日:乙酉、癸巳、甲午、辛丑、壬寅、己酉、庚戌、丁巳、戊午。

忌上官,出行,起造,动土,交易。此星与建、破、平、收日相并则凶,有吉星相并则不忌也。

灭没日:弦日虚星、晦娄、朔角、望亢、虚鬼、盈牛。忌行船。

水痕日:大月 初一、十一、十七、廿三、三十。

小月 初三、初七、十二、廿六。忌造酒合酱。

人神所在日:不宜针灸。初一日,在足大指。初二日,在外踝。初三日,在股内。初四日,在腰。初五日,在口。初六日,在手。初七日,在外踝。初八日,在腕。初九日,在尻。初十日,在腰背。十一日,在鼻柱。十二日,在发际。十三日,在牙齿。十四日,在胃腕。十五日,在遍身。十六日,在胸。十七日,在气冲。十八日,在股内。十九日,在足。二十日,在内踝。廿一日,在外小指。廿二日,在外踝。廿三日,在肝及足。廿四日,在手阳明。廿五日,在足阳明。廿六日,在胃。廿七日,在膝。廿八日,在阴。廿九日,在膝胫。三十日,在足踝。

先贤死葬日:忌入学求师。孔子乙丑日死,四月十八日乙丑日葬;仓颉丙寅日死,辛未日葬。又忌己丑、丁巳日,不宜饮酒作乐。

彭祖百忌日歌:甲不开仓,财物耗亡。乙不栽植,千株不长。丙不修灶,必见火殃。丁不剃头,头主生疮。戊不受田①,田主不祥。己不破券,二主并亡。庚不经络,织机虚张。辛不合酱,主人不尝。壬不决水,难更堤防。癸不词讼,理弱敌强。子不问卜,自惹灾殃。丑不冠带,主不还乡。寅不祭祀,鬼神不尝。卯不穿井,泉水不香。辰不哭泣,必主重丧。巳不远行,财物伏藏。午不苦盖,室主更张。未不服药,毒气入肠。申不安床,鬼祟入房。酉不会客,宾主有伤。戌不吃犬,作怪上床。亥不嫁娶,必主分张。建宜出行,不可开仓。除可服药,针灸亦良。满可肆市,服药遭殃。平可

---

① "戊",原作"戍"。

涂泥,安机吉昌。定宜进畜,入学名扬。执可捕捉,贼盗难藏。破宜治病,必主安康。危可捕鱼,不利行船。成可入学,争讼不强。收宜纳财,却忌安葬。开可求仕,针灸不祥。闭不竖造,只许安床。

杨公忌日:百事忌。神下留下十三日,举动须防多损失。一切起造与兴工,不遭火盗定遭凶。婚姻嫁娶亦非宜,不得到头终不吉。人生出世遇此日,劳劳碌碌得还失。安葬若还逢此日,后代儿孙必乞食。上官赴任用此日,破贼多愁主革职。得知广普传与人,子孙昌盛皆阴骘。

正月十三、二月十一、三月初九、四月初七、五月初五、六月初二、七月初一、廿九、八月廿七、九月廿五、十月廿三、十一月廿一、十二月十九。

月忌日:百事忌。初五、十四、二十三,年年月月在人间。从古至今有文字,口口相传不等闲。无事游荡亡社稷①,李颜入宅丧三男。初五犯着家长死,十四逢之身自当。行船落水遭官事,皆因遇着二十三。

探病忌日:壬寅、壬午连庚午,甲寅、乙卯、己卯妨。神仙留下此六日,探人疾病替人亡。

神号日:正月戌日、二亥、三子、四丑、五寅、六卯、七辰、八巳、九午、十未、十一申、十二酉。

鬼哭日:正月未日、二戌、三辰、四寅、五午、六子、七酉、八申、九巳、十亥、十一丑、十二卯。

神号鬼哭世间稀,十个医人九不知。总然神仙休下药,连忙打墓又嫌迟。

元旦出行吉日:宜从天德、月德、天德合、月德合吉方而行;忌鹤神游占之处。

鹤　乙卯、丙辰、丁巳、戊午、己未五日　　　在正东,忌甲、卯、乙。
　　庚申、辛酉、壬戌、癸亥、甲子、乙丑六日
　　　　　　　　　　　　　　　　　　　　在东南,忌辰、巽、巳。

---

① "荡",原作"宕";"亡",原作"之"。

神	丙寅、丁卯、戊辰、己巳、庚午五日	在正南,忌丙、午、丁。
	辛未、壬申、癸酉、甲戌、乙亥、丙子六日	在西南,忌未、坤、申。
日	丁丑、戊寅、己卯、庚辰、辛巳五日	在正西,忌庚、酉、辛。
	壬午、癸未、甲申、乙酉、丙戌、丁亥六日	在西北,忌戌、乾、亥。
游	戊子、己丑、庚寅、辛卯、壬辰五日	在正北,忌壬、子、癸。
	癸巳起至戊申止,此十六日鹤神	在天宫,无忌。
方	己酉、庚戌、辛亥、壬子、癸丑、甲寅六日	在东北,忌丑、艮、寅。

元旦日,忌从此方出行,若其日鹤神在天宫,宜行,本日吉方。

鹤神月游方

吉神方向　未交立春节依此例用

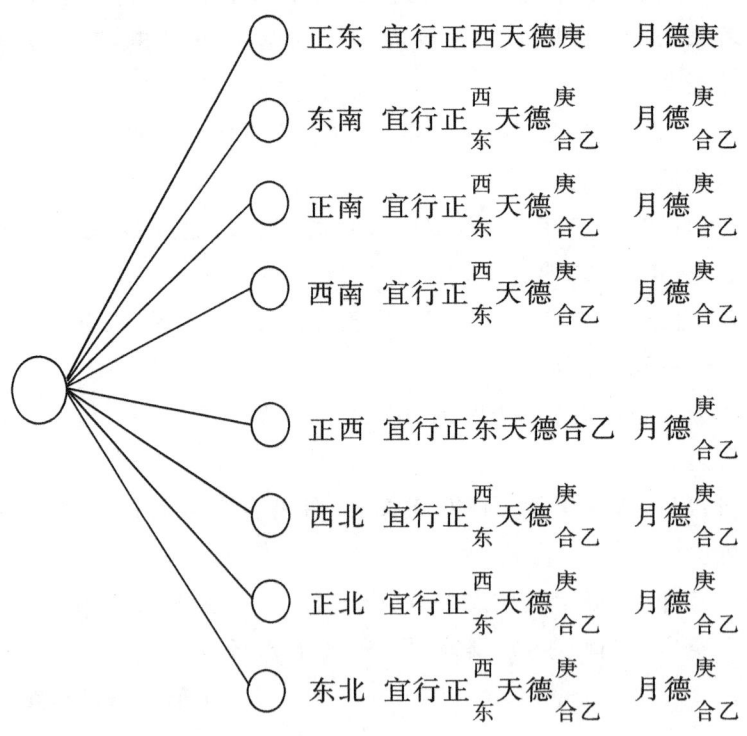

鹤神日游方

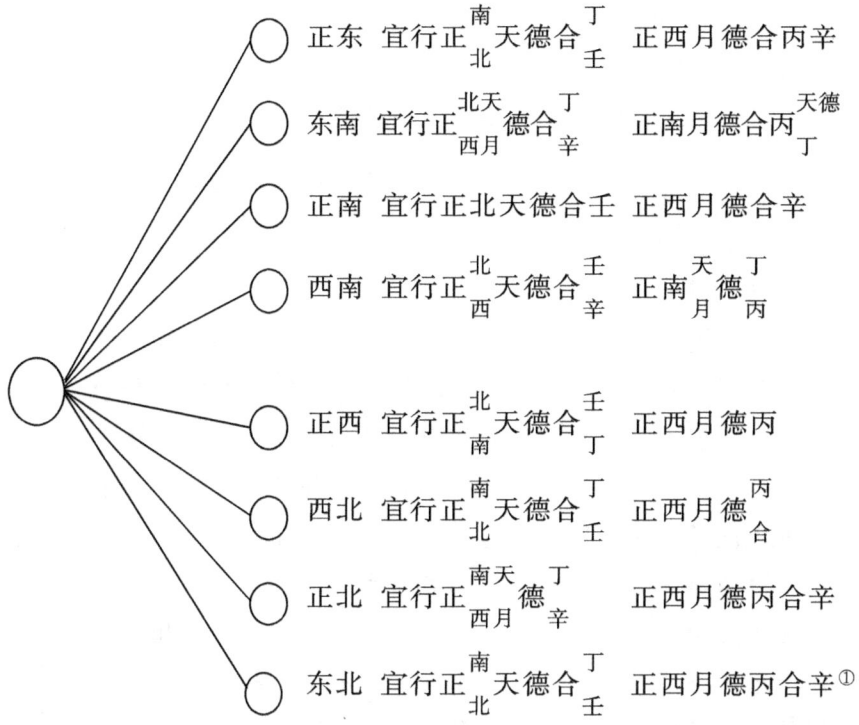

吉神方向　既交立春节依此例用

正东　宜行正南/北天德合丁/壬　正西月德合丙辛

东南　宜行正北天/西月德合丁/辛　正南月德合丙/丁天德

正南　宜行正北天德合壬　正西月德合辛

西南　宜行正北/西天德合壬/辛　正南天月德丁/丙

正西　宜行正北/南天德合壬/丁　正西月德丙

西北　宜行正南/北天德合壬/丁　正西月德丙/合

正北　宜行正南天/西月德合丁/辛　正西月德丙合辛

东北　宜行正南/北天德合丁/壬　正西月德丙合辛[①]

腥仙选择

腥仙曰：予尝定六十甲子十二月内尅择日辰。凡上官赴任、出行、交易、开张、修造房屋、上梁安门、婚姻嫁娶、葬埋一切等事，若遇天宁、地宁、人宁日，为上吉；天和、地和、人和日，为中吉。士人用之，加官进禄；庶人添财进喜，百事和谐；僧道昌盛。今将月日图列后也。

---

① "宜行"上，原有"东北"二字，与其前"东北"重出。

逐月吉凶日日横看去,月直看下

月直看①。如正月是和;二月无字,不用;三月宁;四月和;五月宁;六月无字,不用。下仿此。

日直看。如正月甲子、丙子、戊子、庚子、壬子皆是和;如乙丑、丁丑、己丑、辛丑、癸丑无字,不用。下仿此。

月	正	二	三	四	五	六	七	八	九	十	十一	十二
甲丙戊庚壬子	和		和	和	和	和	和	和		和		
乙丁己辛癸丑		和	宁	宁		和		宁	宁			
甲丙戊庚壬寅	和	和	和		和	和	和					
乙丁己辛癸卯		和	和		宁	和	宁		和	宁		
甲丙戊庚壬辰	宁	宁		和	和			宁	宁	和		
乙丁己辛癸巳		和	和		和	宁			宁			
甲丙戊庚壬午		宁	和		和		和					
乙丁己辛癸未		和	宁	和	宁	和		和				
甲丙戊戊庚申		和		宁	和		和	宁				
乙丁己辛癸酉		宁	宁		和	宁	和			和	宁	
甲丙戊庚壬戌		和②	和③		宁	和		和	宁		宁	
乙丁己辛癸亥		宁		和	宁	和		宁	和			

上官赴任天迁之诀

天迁图圆,接宫制顺逆。如大月初一顺行,小月初一逆行,按逐月上起初一数去,遇迁字吉,遇颇如、申半吉,遇罪、失亡俱凶。假如正月大,顺行初一迁吉,初二颇如,初三罪亡,初四失亡,初五凶亡,初六迁中,初七又值迁吉。此大月顺数也。余皆仿此。

上官赴任吉日:甲子、丙寅、丁卯、戊辰、己巳、庚午、乙亥、丙子、己卯、

---

① 原书为竖行,"直看"作"横看"。
② 此"和"字,原作"知"。
③ 此"和"字,原作"知"。

壬午、甲申、乙酉、丙戌、戊子、癸巳、己亥、庚子、壬寅、丙午、戊申、庚戌、辛亥、壬子、癸丑、庚申、辛酉。

忌建破平收满闭日

临政亲民吉日：宜旺、官、民、相、守日及六仪日，大吉。忌建、破、平、收、满、闭日及上朔、九土鬼、凶败、死气、灭没、受死、休废、空亡、天吏、临日、雷公、飞流、天棒、阴私、土孛日，凶。

三奇日：乙、丙、丁。六仪是戊、己、庚、辛、壬、癸。

进表上疏吉日：宜天、月德，天、月德合，月空、圣心、母仓、解神、定、成日。忌反支、天狱、天吏、临日、癸日及建、破、平、收、满、闭日。

反支日：初一子、丑，初六反支。初一寅、卯，初五反支。初一辰、巳，初四反支。初一午、未，初三反支。初一申、酉，初二反支。初一戌、亥，本日反支。忌进表，上疏，陈词讼。又，反支日不论大月、小月，每初一日遇子、丑，初六日是反支。如初一日遇寅、卯，初五日是反支。下仿此。

袭爵受封吉日：甲子、丙寅、丁卯、庚午、丙子、戊寅、甲申、戊子、辛卯、癸巳、丁酉、壬午、己亥、庚子、壬寅、癸卯、辛亥、壬子、丁巳、戊午、庚申。宜天恩、天德、天赦、岁德、月德、旺、官、民、相、守、天喜上吉日①，忌破、平、收、闭、黑道、荒芜、伏断、灭没、受死、休废、凶败日。

应试赴举吉日：正月乙丑、辛未、乙未、丁酉；二月丙寅、己卯、辛卯、壬寅、癸卯、丙申；三月癸酉、庚辰、丁酉、己酉；四月庚辰、□辰②、壬辰、甲子、庚子；五月甲申、乙亥、庚辰、甲辰、丁亥；六月丙寅、庚寅、甲寅；七月辛未、丁未；八月丙寅、庚寅、癸巳、乙巳、丁巳；九月己巳、癸巳、丁酉、己卯；十月庚辰、庚午、甲午、壬辰；十一月甲子、庚子、乙巳；十二月甲申、丙申、辛卯、癸卯、甲子、庚子、

---

① "天喜"，原作"夫喜"。
② "辰"前，空缺一字。

庚午。

入学吉日:甲戌、乙亥、丙子、癸未、甲申、丁亥、庚寅、辛卯、壬辰、乙未、丙申、癸卯、甲辰、乙巳、丙午、丁未、甲寅、乙卯、丙辰、庚辛、辛酉。宜安、定、成、开日,忌闭、破、先贤死葬、四废日。

习学技艺吉日:宜天德、月德合、黄道、普护、福生、马①、月空及满、成、开日。忌正四废、赤口、六不成、十恶大败②、荒芜③、破日。

冠笄吉日:甲子、丙寅、丁卯、戊辰、辛未、壬辰、丙子、戊寅、壬午、丙戌、辛卯、壬辰、丙申、癸卯、甲辰、乙巳、丙午、丁未、甲寅、乙卯、辛酉、壬戌。

小儿剃头吉日:初三欢,初四富贵,初五饮食,初七大吉,初八长命,初九吉,初十职禄,十一聪明,十三大吉,十四得财,十五大吉,十六益利,十九吉庆,二十二吉,廿三大吉,二十五财福,二十六祥瑞,二十九吉祥。

忌丁、火日。初五日剃胎头,生儿黑,三十日剃胎头,主儿夭④。

小儿断乳吉日:宜伏断月,忌五月,忌七月。

女子穿耳吉日:宜节日,忌月厌、血忌、血支、每月十五日。

女子缠足吉日:宜黄道、生气、天成、吉庆、活曜、要安、天德、月德及成、收、开、闭日。

纳奴婢吉日:甲子、乙丑、丙寅、丁卯、戊辰、壬申、乙亥、戊寅、甲申、丙戌、辛卯、壬辰、癸巳、甲午、乙未、己亥、庚子、癸卯、丙午、丁未、辛亥、壬子、甲寅、乙卯、己未、辛酉,宜成、满之日。

---

① "马"前,夺"天"或"驿"字。
② "大败",原作"十败"。
③ "荒芜",原作"荒生"。
④ "主"前,原有"生"字,衍文。

诸葛武侯选择逐月出行图①

上元将军所管四孟月吉凶图②

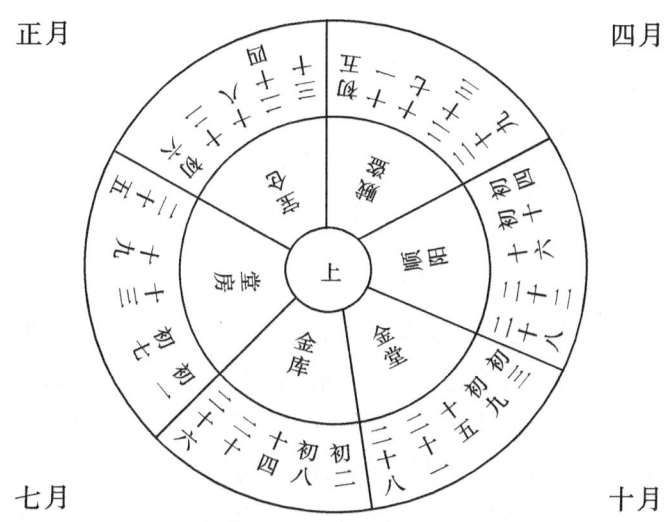

顺阳日出行者,去处通达,好人相逢,求财得意,争讼有理。

堂房日出行者,神道不在宅中,求财称意,贵人得遇。大吉。

金堂日出行者,贵人相遇,财利通达,词讼有理。此日用之大吉。

金库日出行者,车马不成,求财反失,路逢贼盗,大有失误。大凶③。

宝仓日出行者,利见大人,求财遂心,百事如意,衣锦还乡。大吉。

贼盗日出行者,百事不利,枷锁临身,人亡财散。宜回避,不可用之。

---

① "逐月",原作"逐年"。
② "图",原作"仲"。
③ "凶",原作"吉"。

中元将军所管四仲月吉凶图

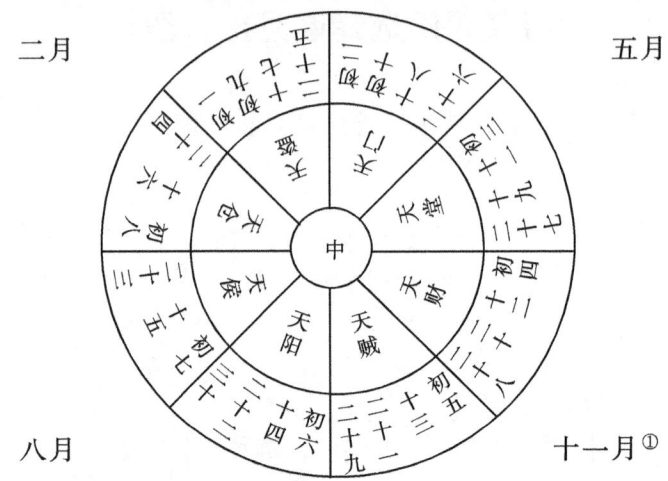

天盗、天贼日出行者,求账不成,纵有,主失脱;官事无理。大凶。
天门日出行者,凡事遂心,所求和合,去处通达。此日用之大吉。
天堂日出行者,所求顺遂,贵人接引,买卖亨通,诸事如意。大吉。
天财日出行者,最宜求财,必定通利,好人相逢,百事顺和。大吉。
天仓日出行者,见官得喜,财源丰盈,凡事顺利。此日用之大吉。
天侯日出行者,吉少凶多,主有口舌、是非、血光之灾。此日大凶。
天阳日出行者,求财得财,求婚得婚,百事和合。此日用之大吉。

下元将军所管四季月吉凶图

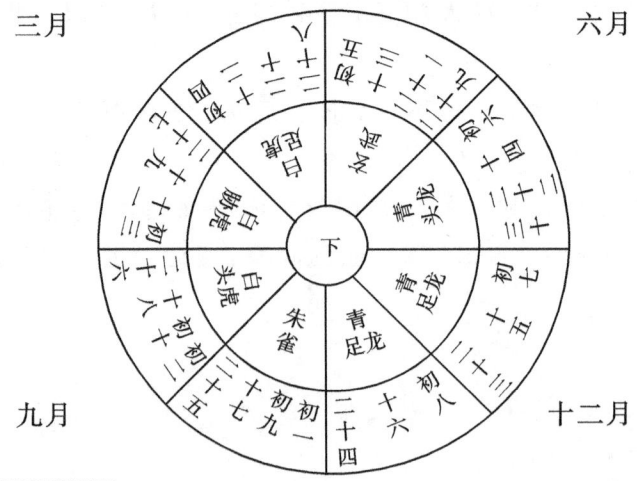

---

① "十一月",原作"十二月"。

朱雀日出行者,求财不得,反主失财;见官无理。此日大凶。

白虎头日出行者,主宜远行,求财必得,去处通达。此日大吉。

白虎胁日出行者,求财如意,东西任行,南北利往,好人相逢。大吉。

白虎足日出行者。不宜远行,作事不成,求财不利。此日大凶。

玄武日出行者,主招口舌,百事不利,不可用之。此日大凶。

青龙头日出行者,宜鸡鸣时或卯时出门,求财通达,百事大吉。

青龙胁日出行者,求财遂心,凡事满意,东西南北任行。大吉。

青龙足日出行者,求财不得,见官没理,凡事不吉。不宜用此日,凶。

出行通用吉日:甲子、乙丑、丙寅、丁卯、庚午、辛未、甲戌、乙亥、己卯、甲申、丙戌、庚寅、辛卯、甲午、庚子、辛丑、壬寅、癸卯、丙午、丁未、己酉、癸丑、甲寅、乙卯、庚申,宜满、成、开日。

出行诀法:如正月用子、午日,余仿此。巳日各月俱忌之。

出行正子、午,二申、丑、未、辰。三月寅、申吉,四子、卯为长。五月寅、申、午,七午、申最强。八未、申、酉、亥,九子、午吉祥。十月子、亥、酉,十一子、寅昌。六未十二亥,每月巳宜防。

逐月出行吉凶日:黄道日吉,宜出行,黑道日凶,不宜出行。

建、满、平、收黑,除、危、定、执黄。成、开皆可用,闭、破不相当。

出行十二时吉凶方向:子东北凶,西南吉;丑东南凶,西北吉;寅四方吉;卯南吉,余凶;辰北吉,余凶;巳东北吉,西南吉;午北吉,余凶;未西北吉,东南凶;申北凶,余吉;酉四方吉;戌西北吉,东南凶;亥四方吉。

《碧玉经》出行吉日外忌日

初一忌西行,初八南方忌,十五东行凶,月晦北不利。

四离日:春分、秋分、夏至、冬至,俱前一日。

四绝日：立春、立夏、立秋、立冬，俱前一日。

忌行军，出行，上官赴任，嫁娶，进人口，迁移。

四顺日：建日宜行，成日宜离，寅日宜往①，卯日宜归。出行吉利。

四逆日：申不行，酉不离，七不住，八不归。出行忌之。

天翻地覆时：忌出军，出行，修造，舟楫。

正月巳、申时，二月巳、亥时，三月辰、戌时，四月申、酉时，五月丑、卯时，六月子、午时，七月酉、亥时，八月辰、戌时，九月卯、酉时，十月辰、午时，十一月寅、未时，十二月卯、巳时。

出行紧急不暇择日，当作纵横之法。

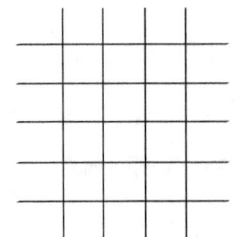

正身齐足立于门内，叩齿三十六通，可以左手大姆指先画四纵②，后画五横，画毕可默念咒曰：四纵五横，吾今出行。禹王卫道，蚩尤避兵。盗贼不得起，虎狼不能侵。行远归故乡。当吾者死，背吾者亡。急急如九天玄女律令。咒毕便行，慎勿反顾。每出行，将咒念七遍；画地，却以土块压之，自然吉矣。

行船吉日：甲子、丙寅、丁卯、戊辰、己巳、辛未、戊寅、壬午、乙酉、戊子、辛卯、癸巳、甲午、乙未、庚子、辛丑、壬寅、癸卯、丙辰、戊午、己未、辛酉，宜用成、开、满日。

行船忌日：忌灭没日、水痕日、破日。

  大月 初一、初七、十七、二十三、三十。

  小月 初二、初三、初七、十二、二十六。

商贾兴贩吉日：己卯、丙戌、壬寅、丁未、己酉、甲寅，宜成、开日。

许真君传授龙神会日：忌行船。

  正月 初三、初八、十一、二十五、月尽，龙会。

  二月 初三、初九、十二、月尽，龙神朝上帝。

  三月 初三、初七、二十七，龙神朝星斗。

---

① "寅"下，原夺"日"字。

② 原图画作五纵，依此文字说明改画四纵。

四月　初八、十二、十七、十九,龙会太白。

五月　初五、十一、十九①、二十九,天地龙王朝玉帝。

六月　初九、二十七,地神龙王朝玉皇。

七月　初七、初九、十五、二十七,神杀交会。

八月　初三、初八、二十七,龙神交会。

九月　初八、十五、十七,龙神朝玉皇。

十月　初八、十五、二十七,东府君朝玉皇。

开张店肆吉日(与开仓入出宝、藏宝日同用):宜成、满、开日。
甲子、乙丑、丙寅、己巳、庚午、辛未、甲戌、乙亥、丙子、乙卯、壬午、癸未、甲申、庚寅、辛卯、乙未、己亥、庚子、癸卯、丙午、壬子、甲寅、乙卯、己未、庚申、辛酉。

立契交易吉日:辛未、丙子、丁丑、壬午、癸未、甲申、辛卯、乙未、壬辰、庚子、戊申、壬子、癸卯、丁未、乙未、甲寅、乙卯、辛酉,宜天德、月德、执、成日,忌长短星。

入宅移居吉日:甲子、乙丑、丙寅、戊辰、庚午、丁丑、戊寅、乙酉、庚寅、壬辰、癸巳、乙未、壬寅、癸卯、甲辰、丙午、辛亥、癸丑、丙辰、丁巳、壬戌。

买田地房产吉日(可用各时):辛未、丙子、丁丑、壬午、癸未、甲申、辛卯、壬辰、乙未、庚子、癸卯、丁未、戊申、壬子、甲寅、乙卯、己未、辛酉,宜定、成日。

出财放债吉日:丁丑、乙酉、庚辰、辛亥、乙卯、辛酉、己巳,宜成、满日,大利。忌破日。

纳财收债吉日:乙丑、丙寅、壬午、庚寅、庚子、乙巳、丙午、甲寅,宜天德、月德、收、满之日。

五谷入仓吉日:庚午、己卯、辛巳、壬午、癸未、乙酉、己丑、庚寅、癸卯,宜天、月德、平、满、收日。

分家产吉日:宜天贵、天富、天财、地财、月财、禄库日。

正月　己卯、壬午、癸卯、丙午。

---

① "十九",原作"廿九",与其下所列"二十九"重出。

二月　己酉、辛未、癸未、乙未、己亥、己未。

三月　甲子、己卯、辛卯、庚子、癸卯。

四月　乙丑、庚午、壬午、辛亥、己卯、癸卯。

五月　辛未、丙辰、己未、甲辰、戊辰。

六月　乙亥、己卯、辛卯、己亥、癸卯。

七月　丙辰、戊辰、庚辰、壬辰。

八月　乙丑、乙巳、甲戌、乙亥、己亥、庚申。

九月　庚午、壬午、丙午、辛酉。

十月　甲子、丙子、戊子、庚子。

十一月　乙丑、乙亥、丁丑、己丑、癸丑。

十二月　辛卯、癸卯、庚申、乙卯、壬申。

大明吉日：此二十一日乃天地开通，太阳所照之辰，百事用之大吉。

辛未、壬申、癸酉、丁丑、乙卯、壬午、甲申、丁亥、壬辰、乙未、壬寅、甲辰、乙巳、丙午、己酉、庚戌、辛亥、丙辰、己未、庚申、辛酉。

大偷修日：此八日凶神朝天，修造大吉。

壬子、癸丑、丙辰、丁巳、戊午、己未、庚申、辛酉。

起造吉日：己巳、辛未、甲戌、乙亥、乙酉、己酉、壬子、乙卯、己未、庚申，宜成、开日。

盖屋吉日：甲子、戊子、壬子、乙巳、辛丑、甲寅、戊寅、庚寅、己卯、癸卯、甲辰、戊辰、己巳、癸巳、癸未、乙未、己未、甲申、戊申、癸酉、乙酉、己酉、己亥、辛亥。

动土开基吉日：甲子、癸酉、戊寅、己卯、庚辰、辛巳、甲申、丙戌、甲午、丙申、戊戌、己亥、庚子、甲辰、癸丑，宜天德、月德、月空、天恩、黄道及除、定、执、成、开日。忌土瘟、土府、土忌、天贼、月建与天地转杀、九土鬼与建、破、平、收日，同则凶。癸未、乙未，土公葬死日，忌动土；戊午日，黄帝死日，忌动土。犯之者大凶也。

平基吉日：甲子、乙丑、丁卯、戊辰、庚午、辛未、己卯、辛巳、甲申、乙未、丁酉、己亥、丙午、丁未、壬子、癸丑、甲寅、乙卯、庚申、辛酉，宜、忌同前。筑墙宜伏断、闭日吉。

起工架马吉日：己巳、辛未、甲戌、乙亥、戊寅、己卯、壬午、甲申、乙酉、戊子、庚寅、乙未、己亥、壬寅、癸卯、丙午、戊申、己酉、壬子、乙卯、己未、庚申、辛酉,宜天德、月德、月空、三奇、帝星诸吉神,忌正四废、天地贼、火星、月破、荒芜、四绝、灭没、赤口、大小空亡、斧头杀、木马杀、刀砍杀①、凶、败日。

定磉搧架吉日:甲子、乙丑、丙寅、戊辰、己巳、庚午、辛未、甲戌、乙亥、戊寅、己卯、辛巳、壬午、癸未、甲申、丁亥、戊子、己丑、庚寅、癸巳、乙未、丁酉、戊戌、己亥、庚子、壬寅、癸卯、丙午、戊申、己酉、壬子、癸丑、甲寅、乙卯、丙辰、丁巳、己未、庚申、辛酉,宜天德、月德、天月德合②、天福、天富、天喜、天恩、月恩及满、平、成、开日吉③,忌正四废、天地贼、天地火日。

竖柱吉日:丙寅、辛巳、戊申、己亥,又宜寅、申、巳、亥,为四柱日。

上梁吉日:甲子、乙丑、丁卯、戊辰、己巳、庚午、辛未、壬申、甲戌、丙子、戊寅、庚辰、壬午、甲申、丙戌、戊子、庚寅、甲午、丙申、丁酉、戊戌、己亥、庚子、辛丑、壬寅、癸卯、乙巳、丁未、己酉、丁巳、辛亥、癸丑、乙卯、己未、辛酉、癸亥,宜忌与定磉同。若竖柱上梁同日,则不必再择日。

门光星吉日:庚寅日,门大夫死日,忌。

大月初一、初二、初三、初七、初八、十二、十三、十四、十八、十九、二十、二十四、二十五、二十九、三十。

小月初一、初二、初六、初七、十一、十二、十三、十七、十八、十九、二十三、二十四、二十八、二十九。

作门忌:春日不作东门,夏日不作南门,秋日不作西门,冬日不作北门。

造仓库吉日:春季己巳日、丁巳日、丁未也,夏季己巳、甲午,秋季乙亥、壬午,冬季辛未、庚寅、壬辰、乙未、乙亥、丙辰。宜成、开之吉日。

修仓库吉日:甲子、乙丑、丙寅、丁卯、壬午、甲午、乙未,宜满日。

修作厨房吉日:丙寅、己巳、辛未、戊寅、己卯、甲申、乙酉、壬子、甲寅、乙卯、己未、庚申,宜成、开日。

---

① "砍",原作"砳"。
② "合"下,原有"天德",与前重复,当是衍文。
③ "开",原作"闭"。

作灶吉日：宜修灶，向西南吉，东北凶。

甲子、乙丑、己巳、庚午、辛未、癸酉、甲戌、乙亥、癸未、甲申、壬辰、乙未、辛亥、癸丑、甲寅、乙卯、乙未、庚申。正、二月戌、丑日，三、四月子、卯日，五、六月寅、巳日，七、八月辰、未日，九、十月午、酉日，十一月、十二月用申、亥日。

祈祀灶神吉日：丁卯、壬申、癸酉、甲戌、乙亥、己卯、庚辰、甲申、乙酉、丁亥、己丑、丁酉、癸卯、甲辰、丙午、己酉、辛亥、癸丑、乙卯、辛酉、癸亥，宜除、成、开日，每月六癸日，二、八月社日。

安床吉日：甲子、乙丑、丙寅、丁卯、己巳、庚午、辛未、甲戌、丙子、丁丑、庚辰、辛巳、乙酉、丙戌、丁亥、戊子、癸巳、丁酉、戊戌、己亥、庚子、壬寅、癸卯、甲辰、乙巳、丙午、甲寅、乙卯、丙辰、丁巳、戊午、己未、辛酉、壬戌，宜开、危日①，忌建、破、平、收日及申日。

造床忌宿歌（安床并忌）：心、昴、奎、娄、箕、尾、参，危宿逢之总不安。造床若逢此星宿，十个孩儿九个亡。

合帐裁衣吉日：甲子、乙丑、戊辰、己巳、癸酉、甲戌、乙亥、丙子、丁丑、己卯、丙戌、丁亥、戊子、己丑、庚寅、壬辰、癸巳、甲午、乙未、丙申、戊戌、庚子、辛丑、癸卯、甲辰、乙巳、癸丑、甲寅、乙卯、丙辰、戊申、辛酉，合帐喜房、箕、斗宿日，裁衣喜成、开日，忌天贼、火星、长短星。角安稳，亢得食，房益衣，斗美味，牛进喜，虚得粮，胃获宝②，奎得财，娄增寿，鬼吉祥，张逢欢，翼得财，轸长久。

安机经络吉日：甲子、乙丑、丁卯、癸酉、甲戌、丁丑、己卯、癸未、甲申、辛巳、壬申、丁亥、戊子、己丑、壬辰、癸巳、甲午、丙申、丁酉、戊戌、己亥、壬寅、甲辰、乙巳、辛亥、壬子、癸丑、甲寅、丙辰，宜平、定、满、成、开日。

写真画像吉日：甲子、丙寅、丁卯、戊辰、己巳、乙丑、辛巳、壬午、癸未、庚寅、辛卯、壬辰、癸巳、己亥、庚子、辛丑、乙巳、丁巳、甲申、庚申、壬寅、癸卯，宜天月德、天恩、天福、福生、福厚、要安、圣心、天瑞、

---

① "危"，疑有误，与下文"危宿逢之总不安"抵牾。
② "胃"，原作"臂"。

生气、阴德、益后、续世日,忌天瘟、受死、独火、四废、勾绞、神隔及建、破日。

彩画绳墨吉日:宜用天、月德,天、月德合,天、月恩,天福、天喜、显星、黄道、上吉及成、开日;忌火星:天火、地火、独火凶日。

起缸作染吉日:宜黄道,天、月德,天、月德合,天、月恩、显星、上吉、益后、续世、生气、福生、母仓、天地正转及除、成、定、危、开、闭日也;忌河奎、天贼、地贼、天瘟、月厌、火星、死气、正四废、天休废、空亡、灭没、伏断、荒芜、月破日。

合寿木并开生坟所用之吉日:宜大小空亡、正四废、旁四废、通天窍日,吉;忌天瘟、重丧、受死、月建转杀、木呼、木髓及建、破日,凶。正月、二月、三月、四月、五月、六月、七月、八月、九月、十月、十一月、十二月。

木呼杀　壬申　庚子　戊辰 寅戌① 丁亥 己未 乙未　辛酉　壬戌　丁巳　癸未 乙丑
　　　　　　　　　　戊申 丙戌 己巳 己卯 庚申　　　　　　　　　　己酉 乙丑

木髓杀　辰、寅、申、卯、午、申,　　巳、丑、寅、卯、午、未,
　　　　申、子、戌、申、酉、辰。　　酉、酉、亥、亥、酉、辰。

修造舟楫吉日:宜天恩、月恩、天月德合、要安、月财、平、定、成日,忌风波、白浪、河伯、张宿、咸池、水痕、触水龙日,大恶时及天翻地覆时。造船起工与修造起工日同,合底起厫、安梁头与竖柱上梁日同。船开头,忌天贼、地贼、火星、伏断、正四废、执、破、灭、没、受死日。舣船宜伏断、收、闭日,忌执、破日。新船下水与出行日同,宜、忌与修造日同,申日不宜下水②。

	凶日	年	子	丑	寅	卯	辰	巳	午	未	申	酉	戌	亥
风波	即太岁。		子	丑	寅	卯	辰	巳	午	未	申	酉	戌	亥
河伯	主湿澜。		子	丑	寅	卯	辰	巳	午	未	申	酉	戌	亥
	凶日	月												
白波			正	二	三	四	五	六	七	八	九	十	十一	十二

---

① "寅"字讹误,此处应为天干中字。
② "下水","水"原作"载"。

咸池　　　　　　　　　寅卯辰巳午未申酉戌亥子丑
大恶时　即时建。　　　卯子酉午卯子酉午卯子酉午
水痕忌　兼忌造酒，合酱。　寅卯辰巳午未申酉戌亥子丑
　　　　大月　　初一、初七、十一、十七、廿三、三十。
　　　　小月　　初三、初十、十三、廿六。
触水龙　　丙子、癸未、癸丑，忌行船。
八风　　丁丑、甲申、甲辰、辛未、丁未、甲寅、甲戌。
海角经　　氐、尾、箕、斗、危、娄、胃、昂、毕、张、轸，大吉；
　　　　室、牛、房、参、井，小吉。

入山伐木吉日：己巳、庚午、辛未、壬申、申戌、乙亥、戊寅、己卯、壬午、甲申、乙酉、戊子、甲午、乙未、丙申、壬寅、丙午、丁未、戊申、己酉、甲寅、乙卯、己未、庚申、辛酉，宜黄道、明星、天月德及成①、定、开日，吉；忌天贼、火星、四废、赤口。伐松木宜晴天②，去皮入水浸，久后不生白蚁，宜七月辰日。伐竹宜三伏日及腊月，亦宜大晴，当昼伐之，不蛀③。

耕种田地吉日：甲子、乙丑、丁卯、己巳、庚午、辛未、癸酉、乙亥、丙子、戊寅、己卯、辛巳、壬午、癸未、甲申、乙酉、丙戌、己丑、辛卯、壬辰、癸巳、甲午、乙未、丙申、戊戌、己亥、庚子、辛丑、壬寅、癸卯、甲辰、丙午、戊申、乙酉、癸丑、甲寅、丙辰、丁巳、戊午、己未、庚申、辛酉、癸亥。

浸谷吉日：甲戌、乙亥、壬午、乙酉、壬辰、乙卯。

南方水田下秧之吉日：辛未、癸酉、壬午、庚寅、甲午、甲辰、乙巳、丙午、丁未、戊申、己酉、乙卯、辛酉。

栽禾吉日：庚午、壬申、癸酉、己卯、辛巳、壬午、甲午、癸卯、甲辰、己酉，宜开、收日。

割禾吉日：庚午、壬申、癸酉、己卯、辛巳、壬午、癸未、甲午、癸卯、甲辰、己酉，宜收、成、开日。

---

① "成"，原作"戌"。
② "伐"，原作"代"。
③ "昼"，原作"画"；"蛀"，原作"蛙"。

开凿池塘吉日：甲子、乙丑、甲申、壬午、庚子、辛丑、辛亥、癸巳、癸丑、辛酉、戊戌、乙巳、丁巳、癸亥，宜成、开之日则吉；忌魁星、天罡①、死气、土瘟、天百空凶日。天百空日：初五、初七、十三、十六、十七、十九、二十一、二十七、二十九。

天狗守塘吉日：春兔夏马良，秋鸡冬鼠藏。有人会得此，獭耗不来塘。

安碓磨吉日：甲戌、乙亥、庚申、庚寅、辛酉、庚子、庚午。

穿井吉日：甲子、乙丑、甲午、庚子、辛丑、壬寅、乙巳、辛亥、庚子、庚午。

修井吉日：庚子、辛丑、甲申、癸丑、乙巳、丁巳、辛亥。

开沟吉日：甲子、乙丑、辛未、己卯、庚辰、丙戌、戊申，宜用开、平之日，大吉。

作厕吉日：甲子、丙寅、戊辰、丙申、庚子、壬子、丙辰，宜用天聋日，百事吉。

乙丑、丁卯、己卯、辛巳、乙未、丁酉、己亥、辛丑、辛亥、癸丑、辛酉，为地哑日，百事大吉。宜伏断、闭日。

谢土吉日：庚午、丁丑、甲申、癸巳、庚子、丁未、甲寅、癸亥。

禳造作魇时法：臞仙曰：凡梓人造房，瓦人覆瓦，石人礱砌，五墨绘饰，皆有魇镇咒咀。其建造之初，必先祭告方隅、土木等神。其祭文曰：兹者建造屋宇，其土木、泥石、绘画之人，所有魇镇咒咀，不出百日，乃使自受其殃。务先盟于群灵，则灾祸无予于我②，使彼自受，而我家宅灵矣。造船者亦依此例。

如梓人，最忌倒用木植③，必取生气，根下而稍上。其魇者倒用木植，使人家不能长进，作事颠倒。解法：以斧头系其木，曰："倒好，倒好！住此宅内，世世温饱。"

有造前梁，临上乃移为后梁。魇者曰："前梁调后梁，必定先死娘。"卯眼内放竹楔者④，魇曰："卯眼放竹，不动自哭。"使人家屋

---

① "罡"前，原夺"天"字。
② "予"，原作"子"。
③ "植"，原作"殖"。
④ "卯"下，原有"举"字，衍文，或"榫"之讹。

内常有哭声①。

又有刻一木人,写咒于身,以铁钉钉于屋上②。钉眼令瞎,钉耳令聋,钉口令哑,钉心令心有疾,钉门使房主不得在家,令出门,不得安居室内。

如钉床,以竹钉十字钉之,或画人形纸符于内,使卧床之人疾病不安。此梓人魇镇之法。如瓦匠所魇,有令脊中安土人、船、伞之类③,或壁中置一匙一箸,曰:"只许住一时,其家必破。"如甃砌门限地基之下,用荷叶包饭于下,以箸十字按其上,令人有呕噎之疾。有砌灶,用木人以马尾吊烟囱中,火气薰之,则木人相撞,令夫妇相打。或有以瓦刀朝寝处,或向厅堂,使有刀兵相杀。"囱"字音聪,乃灶突也,灶中出烟处也④。

石匠凿人形置礤下,又画匠绘画梁栋,皆有魇咒,不可不知也。

凡梓人造作魇镇咒咀者,必以墨签插在首。令他不插,则不灵矣。人家造屋完成,用清水一瓦盆,令宅者之本家男女各执柳枝,蘸水绕屋洒之⑤。咒曰:"木郎,木郎,速去他方。作者自受,为者自当。所有魇魅与我无干。急急如太上律令敕!"如此遍屋洒、咒,则无患矣。

求医治病吉日:己酉、丙辰、壬辰,宜天医、生气、普护、要安、神在及执、除、成、开日。

合药吉日:戊辰、己巳、庚午、壬申、乙亥、戊寅、甲申、丙戌、辛卯、丙午、辛亥、己未、己未⑥,宜除、破、开日。

服药吉日:乙丑、壬申、癸酉、乙亥、丙子、丁丑、壬申、甲申、丙戌、己丑、壬辰、癸巳、甲午、丙申、丁酉、戊戌、己亥、庚子、辛丑、戊申、己酉、癸酉,宜除、破、开日。男忌除,女忌收,又忌未日、满日。

---

① "屋",原作"产",或"房"之讹。
② "钉钉",原作"丁丁"。
③ "土人"下,原衍"人"字。
④ 两"灶"字,原均作"皂"。
⑤ "洒",原作"晒"。
⑥ 连列两"己未",其一有误,或为衍文。

逐月斩草破土吉日：正月丁卯、庚午、壬午，二月庚午、壬午、甲午、丙午，三月壬申、甲申，四月甲子、乙丑、丁卯、庚午、庚辰、壬午、辛卯、壬辰、庚子、癸卯、甲辰、癸丑，五月壬寅、癸卯、甲寅，六月甲子、丁卯、己卯、壬午、辛卯、壬辰、癸卯、甲辰、丙午、乙卯，八月乙丑、壬辰、甲辰、癸丑，九月丁卯、庚午、壬午、辛卯、癸卯、丙午、乙卯，十月甲子、丁卯、庚午、辛未、丙午、乙卯，十一月戊辰、己巳、壬申、甲申、乙未、丙申，十二月壬申、甲申、丙申、壬寅、壬寅、戊申①。

吉宿：房、尾、斗、室、壁、胃、毕、鬼、张、轸，余宿不吉。

忌天瘟、土瘟、重丧、重复、天贼、地破、四时大墓、阴阳错重日。

安葬吉日：壬申、癸酉、壬午、甲申、乙酉、丁酉、壬寅、丙午、己酉、庚申、辛酉，此十二日乃大葬日，上吉。庚午、壬辰、甲辰、乙巳、甲寅、丙辰、庚寅，此七日乃小葬日，次吉。忌重丧、重复、天贼、天罡、河魁、阴错、阳错、土禁。

逐月安葬吉日：正月癸酉、丁酉、己酉，外丙寅、壬午、乙酉、壬寅、丙午、辛酉。二月丙寅、壬申、甲申、庚寅、丙申、壬寅、己未、庚申。三月壬申、癸酉、壬午、甲申、乙酉、丙申、丁酉、丙午、庚申、辛酉。四月癸酉、壬午、乙酉、丙申、丁酉、己酉、辛酉。五月壬申、甲申、庚寅、丙申、壬寅、甲寅、庚申，宜葬寅日，忌开、金、井。六月壬申、癸酉、甲申、乙酉、庚寅、丙申、壬寅、甲寅、庚申、辛酉。七月癸酉、乙酉、丁酉、己酉，外壬申、丙子、甲申、壬辰、丙申、壬子、丙辰。八月壬申、甲申、庚寅、壬辰、丙申、丙辰、庚申、乙巳、丁巳。九月丙寅、壬午、庚寅、壬寅、丙午。十月庚午、丙子、甲辰、丙午、丙辰。十一月壬申、甲申、庚寅、丙申、壬寅、甲辰、甲寅、庚申、壬子，申日宜葬，忌开、金、井。十二月壬申、癸酉、甲申、乙酉、丙申、壬寅、甲寅、庚申，申日宜葬，忌开、金、井。

---

① 此表惟缺七月，或系脱漏；又，十二月连列两个"壬寅"，似衍文或误。

六十年花甲子日年月表①

由明嘉靖四十三年起。

本年甲子

正月小癸丑 卯 十二日甲寅申正初刻十三分雨水
　　　　　亥 廿七日己巳未正二刻十三分惊蛰

二月小壬午 申 十三日甲申正初刻四分春分②
　　　　　辰 廿八日乙亥戌正二刻五分清明

三月大辛亥 丑 十五日乙卯寅正一刻二分谷雨
　　　　　酉 三十日庚午申初二刻三分立夏

四月小辛巳 未 十六日丙戌寅正二刻一分小满

五月大庚戌 卯 初二日辛丑戌正初刻五分芒种
　　　　　子 十八日丁巳未初二刻五分夏至

六月小庚辰 申 初四日癸酉卯正三刻十三分小暑
　　　　　午 二十日己丑子正初刻八分大暑

七月大己酉 寅 初六日甲辰申正一刻十一分立秋
　　　　　亥 二十日庚申卯正三刻十一分处暑
　　　　　未

---

① 此表中纪每旬首日的干支多有错误，今迳改，不一一出校。
② "正"上，原缺一地支中字；"四分"，原作"四八"。

八月大己卯 巳丑 初七日乙亥酉正三刻九分白露
二十三日辛卯寅初三刻十一分秋分

九月小己酉 亥未 初八日丙午巳初二刻一分寒露
二十三日辛酉午正一刻九分霜降

十月大戊寅 辰子 初九日丙子午初三刻十四分立冬
二十四日辛卯辰正三刻十二分小雪

十一月大戊申 戌子 初九日丙午寅初三刻六分大雪
二十三日庚申亥初一刻十分冬至

十二月大戊寅 辰子 初八日乙亥未正一刻十分小寒
二十三日庚寅辰初二刻九分大寒

嘉靖四十四年乙丑

正月大丁未 酉巳 初九日乙巳丑初三刻十二分立春
二十三日己未亥正初刻三分雨水

二月小丁丑 卯亥 初八日甲戌戌正二刻二分惊蛰
二十三日己丑亥初三刻八分春分

三月小丙午 申辰 初十日乙巳丑正一刻九分清明
二十五日庚申巳正初刻六分谷雨

四月大乙亥 丑酉 十一日乙亥戌正三刻六分立夏
二十七日辛卯巳正一刻三分小满

五月小乙巳未卯子 十三日丁未丑初三刻八分芒种
二十八日壬戌酉正三刻八分夏至

闰五月大甲戌申 十五日戊寅午正二刻二分小暑

六月小甲辰午寅 初一日甲午卯初三刻十一分大暑
十六日乙酉亥正一刻□立秋①

七月大癸酉亥未 初二日甲子午正三刻十四分处暑
十八日庚辰子正三刻十二分白露

八月大癸卯巳丑 初四日丙申巳初三刻一分秋分
十九日癸亥申初二刻五分寒露

九月小癸酉亥未 初四日丙寅酉正初刻十三分霜降
十九日辛巳酉初三刻三分立冬

十月大壬寅辰子 初五日丙申未正三刻二分小雪
二十日辛亥巳初二刻十二分大雪

十一月大壬申戌午 初五日丙寅寅初初刻十四分冬至
十九日庚辰戌正初刻十三分小寒

十二月小壬寅辰子 初四日乙未未初一刻十三分大寒
十九日庚戌辰初三刻一分立春

嘉靖四十五年丙寅

---

① 此条未记分时,"刻"下留空白。以下同此者不注。

正月大辛未㊀酉巳 初五日乙丑寅初三刻一分雨水
二十日庚辰丑正一刻六分惊蛰

二月小辛丑㊁卯亥 初五日乙未寅初二刻十二分春分
二十日庚戌辰正初刻十二分清明

三月小庚午㊂申辰 初六日乙丑申初三刻九分谷雨
二十日辛巳丑正一刻九分立夏①

五月小己巳㊃未卯 初十日戊辰子正二刻十二分夏至
二十五日癸未酉正一刻四分小暑

六月小戊戌㊄子申 十二日己亥午初二刻十四分大暑
二十八日乙卯寅正初刻三分立秋

七月大丁巳㊅卯丑 十四日庚午酉正二刻二分处暑
三十日丙戌卯正二刻一分白露

八月大丁酉㊆亥未 十五日辛丑申初二刻四分秋分
三十日丙辰亥初一刻十分寒露②

九月小丁卯㊇巳丑 十五日辛未子正一刻二分霜降

十月大丙申㊈戌午 初一日丙戌子初二刻八分立冬
十六日辛丑戌正二刻六分小雪

---

① "三月",原作"四月",下缺四月份小满、芒种两节气。
② "三十",原作"二十"。

十一月大丙寅子 辰 初一日丙辰申初二刻一分大雪
十六日辛未巳初初刻四分冬至

十二月大丙申 戌初一日丙戌丑正初刻三分小寒
十五日庚子戌初一刻三分大寒
午三十日乙卯未初二刻六分立春

隆庆元年丁卯

正月小丙寅 辰子 十五日庚午巳初二刻十二分雨水

二月大乙未 酉巳 初一日乙酉辰正初刻十一分惊蛰
十六日庚子巳初二刻二分春分

三月小乙丑 卯亥 初一日乙卯未正初刻一分清明
十六日庚子亥初二刻十二分谷雨

四月小甲子 申辰 初三日丙戌辰正一刻十三分立夏
十八日辛丑亥初三刻十分小满

五月大癸亥 丑酉 初五日丁巳未初二刻二分芒种
二十一日癸酉卯正一刻十四分夏至

六月小癸巳 未卯 初七日己丑子正初刻八分小暑
二十二日甲辰酉初二刻二分大暑

七月小壬戌 卯子申 初九日庚申巳初三刻六分立秋
二十五日丙子子正一刻六分处暑

八月大辛卯 巳丑 十一日辛卯午正一刻五分白露
二十六日丙午亥初一刻八分秋分

九月小辛酉 亥未 十二日壬戌寅初初刻十三分寒露
二十七日丁丑卯初三刻十分霜降

十月大庚寅 辰子 十三日壬辰卯初一刻十二分立冬
廿八日辛丑亥初三刻十三分小雪

十一月大庚申 戌午 十三日壬戌亥初一刻六分大雪
二十八日丁丑未正三刻九分冬至

十二月大庚寅 辰子 十二日辛卯辰初三刻八分小寒
二十七日丙午丑初初刻八分大寒

隆庆二年戊辰

正月小庚申 戌午 十一日庚申戌初一刻十一分立春
十九日乙丑申初二刻十分雨水①

二月大己丑 卯亥 初六日辛巳卯正初刻十分惊蛰
二十一日丙申酉正初刻八分春分

三月大己未 酉巳 十二日庚申戌初三刻五分清明
二十八日丙子寅初二刻二分谷雨

四月小己丑 卯亥 十三日甲巳未正一刻一分立夏
二十九日丁未寅初二刻十三分小满

---

① "雨水",原作"立秋"。

闰四月小戊午十五日壬戌戌初一刻二分芒种　申
　　　　　　　　　　　　　　　　　　　　　辰
五月大丁亥　初二日戊寅午正一刻三分夏至　丑
　　　　　　十八日甲午卯初三刻十一分小暑　酉
六月小丁巳　初三日己酉夜子初三刻六分大暑　未
　　　　　　十九日乙丑申初二刻十分立秋　　卯
七月小丙戌　初六日辛巳卯正初刻十分处暑　子
　　　　　　二十一日丙申酉正初刻八分白露　申
八月大乙卯　初七日辛亥寅初刻十二分秋分①　巳
　　　　　　二十二日丙寅巳初刻二分寒露②　丑
九月小乙酉　初七日辛巳午初一刻十分霜降　亥
　　　　　　二十二日丙申巳初一刻二分立冬　未
十月大甲寅　初九日壬子辰正一刻一分小雪　辰
　　　　　　二十四日丁卯寅初初刻一分大雪　子
十一月大甲申　初八日辛巳戌初初刻十四分冬至　戌
　　　　　　　二十三日丙申未初二刻十四分小寒　午
十二月小甲寅　初八日辛亥卯正二刻十三分大寒　辰
　　　　　　　二十三日丙寅丑初一刻二分立春　　子

---

① "初刻","初"上或下,原夺一字。
② "初"上或下,原夺一字。

历 字 文

隆庆三年己巳

正月大癸未 酉巳 初八日庚辰亥初一刻六分雨水
二十三日乙未戌初三刻四分惊蛰

二月大癸丑 卯亥 初八日庚戌亥初初刻十分春分
二十四日丙寅丑初二刻九分清明

三月小癸未 酉巳 初九日辛巳巳初一刻六分谷雨
二十四日丙申戌正初刻五分立夏

四月大壬子 寅戌 十二日壬子巳初一刻二分小满
二十七日戊辰丑初初刻六分芒种

五月小壬午 申辰 十三日庚未西正初刻五分夏至
二十八日己亥午初二刻二分小暑

六月大辛亥 丑酉 十五日乙卯卯初初刻九分大暑
三十日庚午亥初一刻十四分立秋

七月小辛巳 未 十六日丙戌午初二刻十二分处暑

八月小庚戌 卯子申 初二日辛丑夜子三刻十二分白露①
十七日丙辰巳初二刻一分秋分

九月大己卯 巳丑 初四日壬申未正三刻七分寒露
十九日丁亥酉初二刻□分霜降

————————
① "子"下"三"上，夺"初"或"正"字。

十月小己酉
亥未
　　初四日壬寅酉初初刻六分立冬
　　十九日丁巳未正初刻五分小雪

十一月大戊寅
辰子
　　初五日壬寅巳初初刻一分大雪
　　二十日丁亥丑正二刻三分冬至

十二月小戊申
戌午
　　初四日辛丑戌初二刻三分小寒
　　十九日丙辰午正三刻三分大寒

隆庆四年庚午

正月大丁丑
卯亥
　　初五日辛未辰初初刻六分立春
　　二十日丙戌寅初初刻九分雨水

二月大丁未
酉巳
　　初五日辛丑丑初二刻九分惊蛰
　　二十日丙辰寅初一刻八分春分

三月大丁丑
卯亥
　　初五日辛未辰初一刻十三分清明
　　二十日丙戌申正初刻一分谷雨

四月小丁未
酉巳
　　初六日壬寅丑初三刻九分立夏
　　二十一日丁巳申初一刻五分小满

五月大丙子
寅戌
　　初八日癸酉卯正三刻九分芒种
　　二十三日戊子子初三刻九分夏至

六月小丙午
申辰
　　初九日甲辰酉初二刻二分小暑
　　二十五日庚申巳正三刻十三分大暑

七月大乙亥 丑酉 十二日丙子寅初一刻一分立秋
二十七日辛亥酉初三刻十二分处暑

八月小乙巳 未卯 十三日丁未卯初一刻一分白露
二十八日壬戌未正三刻五分秋分

九月小甲戌 子申 十四日丁丑戌正二刻十二分寒露
二十九日壬辰夜子初一刻霜降

十月大癸卯 巳丑 十五日丁未亥正三刻十一分立冬
三十日壬戌戌初三刻十分小雪

闰十月小癸酉 亥未 十五日丁丑未正三刻五分大雪
初一日壬辰辰正一刻八分冬至

十一月大壬寅 辰子 十六日丁未丑初一刻七分小寒
三十日辛酉酉正二刻七分大寒

十二月小壬申 戌午 十五日丙子午正三刻十分立春

隆庆五年辛未

正月大辛丑 卯亥 初一日辛卯辰正三刻十二分雨水
十六日丙午辰初一刻十三分惊蛰

二月大辛未 酉巳 初一日辛酉辰正二刻三分春分
十六日丙子未初一刻二分清明

三月小辛丑 卯亥 初一日辛卯亥初初刻一分谷雨
十七日丁未辰初二刻三分立夏

四月大庚午 申辰 初三日壬戌午正三刻四分小满
十九日戊寅午正一刻十四分芒种

五月大庚子 寅戌 初五日甲午卯初二刻十三分夏至
二十日己酉夜子初一刻六分小暑

六月小庚午 申辰 初七日丙寅申正三刻五分大暑
二十三日壬午巳初初刻四分立秋

七月大己亥 丑酉 初八日丙申夜子初二刻四分处暑
二十四日壬子午初三刻二分白露

八月小己巳 未卯 初九日丁卯戌正二刻九分秋分
二十五日癸未寅初初刻九分寒露

九月大戊戌 子申 十一日戊戌子正三刻十三分霜降
二十六日癸丑寅初初刻九分立冬

十月小戊辰 午寅 十一日戊辰丑初三刻二分小雪
二十五日壬午戌正二刻十分大雪

十一月小丁酉 亥未 十一日丁酉未正初刻十二分冬至
二十五日辛亥辰初初刻十二分小寒

十二月大丙寅 辰子 十二日丁卯子正一刻十二分大寒
二十六日辛巳酉正三刻十分立春

隆庆六年壬申

正月小丙申戌 十一日丙申未正三刻四分雨水
　　　　　　二十六日辛亥未初一刻二分惊蛰

二月大乙丑午卯亥 十二日丙寅未正二刻七分春分
　　　　　　二十八日壬午戌初初刻六分清明

三月小乙未酉巳 十三日丁酉丑正三刻一分谷雨
　　　　　　二十八日壬子未初三刻十分立夏

四月大甲子寅 十五日戊辰丑正三刻十一分小满
　　　　　　三十日癸未未正二刻□分芒种

五月大甲辰戌申 十六日己亥午初二刻□分夏至

六月小甲子寅 初二日乙卯卯初初刻五分小暑
　　　　　　十七日庚午亥正二刻三分大暑

七月大癸巳戌未 初四日丙戌未正三刻八分立秋
　　　　　　二十日壬寅卯初一刻八分处暑

八月小癸亥卯丑 初五日丁巳酉初一刻八分白露
　　　　　　二十一日癸酉丑正一刻九分秋分

九月大壬辰酉午 初七日戊子辰正一刻四分寒露
　　　　　　二十二癸卯巳正三刻十三分霜降

十月大壬戌寅子申 初七戊午巳正二刻五分立冬
　　　　　　二十二日癸酉辰初二刻四分小雪

十一月小壬辰 午寅 初七日戊子丑正一刻十四分大雪
　　　　　　　　二十二日壬寅戌正初刻四分冬至

十二月大辛酉 亥未 初七日丁巳未初初刻二分小寒
　　　　　　　　二十一日壬申卯正一刻二分大寒

万历元年癸酉

正月小辛卯 巳丑 初七日丁亥子正二刻四分立春
　　　　　　　十六日壬戌夜子初初刻十二分雨水①

二月小庚申 戌午 初七日丙辰戌初初刻七分惊蛰
　　　　　　　二十二日辛未戌正一刻十分春分

三月大己丑 卯亥 初九日丁亥子正三刻十分清明
　　　　　　　二十四日壬寅辰正二刻三分谷雨

四月小己未 酉巳 初九日丁巳戌初一刻四分立夏
　　　　　　　二十五日癸酉辰正二刻□分小满②

五月大戊子 寅戌 十二日己丑子正一刻四分芒种
　　　　　　　二十七日甲辰酉初一刻三分夏至

六月小戊午 申辰 十二日庚申巳正三刻二分小暑
　　　　　　　二十九日丙子寅正一刻六分大暑

闰六月大丁亥 丑酉 十五日辛卯戌正二刻十一分立秋

---

① "二"下,原夺"刻"字。
② "二十五",原作"二五"。

七月大丁巳未卯　初一日丁未午初初刻十一分处暑
　　　　　　　　十六日壬戌夜子初初刻十二分白露

八月小丁亥丑酉　初二日戊寅辰正一刻一分秋分
　　　　　　　　十七日癸巳未正初刻七分寒露

九月大丙辰午寅　初三日戊申申正三刻二分霜降
　　　　　　　　十八日癸亥申正一刻九分立冬

十月大丙戌子申　初五日戊寅未初一刻九分小雪
　　　　　　　　十八日癸亥申正一刻四分大雪

十一月小丙辰午寅　初三日戊申丑初三刻七分冬至
　　　　　　　　　十七日壬戌酉正三刻六分小寒

十二月大乙酉亥未　初三日丁丑午正初刻六分大寒
　　　　　　　　　十八日壬辰卯正一刻九分立春

万历二年甲戌

正月小乙卯巳丑　初三日丁未丑正一刻十一分雨水
　　　　　　　　十七日壬戌子正一刻十一分惊蛰

二月小甲申戌午　初四日丁丑丑正一刻□分春分
　　　　　　　　十九日壬辰卯正二刻十分清明

三月大癸丑卯亥　初五日丁未正一刻九分谷雨
　　　　　　　　二十一日癸亥丑初初七分立夏

四月小癸未⸺酉巳　初六日戊寅未正二刻三分小满
　　　　　　　　二十二日甲午卯正初刻七分芒种

五月大壬子⸺寅戌　初八日己酉夜子初刻六分夏至①
　　　　　　　　二十四日乙丑申正二刻十四分小暑

六月小壬午⸺申辰　初十日辛巳巳正初刻十分大暑②
　　　　　　　　二十六日丁酉丑正二刻□分立秋

七月大辛亥⸺丑酉　十二日壬子申正三刻十四分处暑
　　　　　　　　二十八日戊辰卯初初刻□分白露

八月小辛巳⸺未卯　十三日癸未未正初刻五分秋分
　　　　　　　　二十八日戊戌戌初三刻十三分寒露

九月大庚戌⸺子申　十四日癸丑亥正二刻七分霜降
　　　　　　　　二十九日戊辰亥正初刻十四分立冬

十月大庚辰⸺午寅　十四日癸未戌初初刻十四分小雪
　　　　　　　　二十九日戊戌未正初刻十分大雪

十一月大庚戌⸺子申　十四日癸丑辰初二刻十二分冬至
　　　　　　　　二十九日戊辰子正二刻十二分小寒

十二月小庚辰⸺午寅　十三日壬午酉初刻十二分大寒③
　　　　　　　　二十八日丁酉午正初刻十四分立春

---

① "初"上或下，原夺一字；"夏至"，原作"夏立"。
② "初十"，原作"初一"。
③ "十三"，原作"初三"。

万历三年乙亥

正月大己酉 亥未 十四日壬子辰正一刻三分雨水
二十九丁卯卯正三刻一分惊蛰

二月小己卯 巳丑 十四日壬午辰正初刻五分春分
二十九日丁酉午正二刻三分清明

三月小戊申 戌午 十五日壬子戌正初刻十三分谷雨

四月大丁丑 卯亥 初二日戊辰卯正三刻十一分立夏
十七日癸未戌正一刻七分小满

五月小丁未 酉巳 初三日己亥午初三刻十分芒种
十九日乙卯寅正三刻十分夏至

六月小丙子 寅戌 初五日庚午亥正二刻二分小暑
二十一日丙戌申初三刻十三分大暑

七月大乙巳 未卯 初八日壬寅辰正一刻三分立秋
二十三日丁巳亥正三刻三分处暑

八月小乙亥 丑酉 初九日癸酉巳正三刻四分白露
二十四日戊子戌初三刻九分秋分

九月大甲辰 午寅 初十日甲辰丑初三刻一分寒露
二十六日己未寅正一刻十一分霜降

十月大甲戌 子申 十一日甲戌寅正初刻三分立冬
二十六日己丑丑初初刻三分小雪

十一月大甲辰 午寅 初十日癸卯戌初三刻十四分大雪
二十五日戊午未初二刻三分冬至

十二月小甲戌 子申 初十日癸酉卯正二刻一分小寒
二十四日丁亥子初三刻一分大寒

万历四年丙子

正月大癸卯 巳丑 初十日壬寅酉正初刻三分立春
二十五日丁巳未正初刻七分雨水

二月大癸酉 亥未 初十日壬申午正三刻五分惊蛰
二十五日丁亥未初三刻九分春分

三月小癸卯 巳丑 初十日壬寅酉正一刻六分清明
二十六日戊午丑正初刻一分谷雨

四月小壬申 戌午 十二日癸酉午正一刻十四分立夏
二十八日己丑丑正初刻十分小满

五月大辛丑 卯亥 十四日甲辰酉初二刻十三分芒种
三十日庚申巳正二刻十二分夏至

闰五月小辛未 酉 十六日丙子寅正一刻五分小暑

六月小庚子 巳寅戌 初二日辛卯亥初一刻二分大暑
十八日丁未未正初刻三分立秋

七月大己巳未卯　初三日癸亥寅正二刻六分处暑
　　　　　　　二十日戊寅申正三刻七分白露

八月小己亥丑酉　初六日甲午丑初二刻十一分秋分
　　　　　　　二十一日己酉辰初二刻四分寒露

九月大戊辰午寅　初七日甲子巳正一刻□分霜降
　　　　　　　二十二日己卯巳初三刻七分立冬

十月大戊戌子申　初七日甲午卯正三刻三分小雪
　　　　　　　二十二日己卯巳初三刻七分大雪

十一月小戊辰午寅　初六日癸亥戌初一刻七分冬至
　　　　　　　　二十一日戊寅午正一刻六分小寒

十二月大丁酉亥未　初七日癸巳卯初二刻六分大寒
　　　　　　　　二十二日戊申夜子初三刻八分立春

万历五年丁丑

正月大丁卯巳丑　初六日壬戌戌初三刻十二分雨水
　　　　　　　二十一日丁丑酉正一刻九分惊蛰

二月大丁酉亥未　初六日壬辰戌初二刻十三分春分
　　　　　　　二十二日戊申子正初刻十分清明

三月小丁卯巳丑　初七日癸亥辰初三刻五分谷雨
　　　　　　　二十二日戊寅酉正二刻三分立夏

四月小丙申(戌午) 初九日甲午辰初三刻十三分小满①
二十四日己酉夜子初二刻一分芒种

五月大乙丑(卯亥) 十一日乙丑申正二刻三分夏至
二十七日辛巳巳正初刻九分小暑

六月小乙未(酉巳) 十三日丁酉寅初一刻四分大暑
二十八日壬子戌初三刻九分立秋

七月小甲子(寅) 十五日戊辰巳正一刻九分处暑

八月大癸巳(戌未卯) 初一日癸未亥正一刻十一分白露
十七日己亥辰初二刻一分秋分

九月小癸亥(丑) 初三日甲寅未初一刻九分寒露
十七日己巳申正初刻四分霜降

十月大壬辰(酉午寅) 初三日甲申申初二刻十二分立冬
十八日己亥午正二刻十二分小雪

十一月小壬戌(子申) 初三日甲寅辰初二刻九分大雪
十八日己巳丑初初刻十二分冬至

十二月大辛卯(巳丑) 初三日癸酉酉正初刻十一分小寒
十八日戊戌午初一刻十一分大寒

万历六年戊寅

---

① "小满"上,原衍"立"字。

正月大辛酉亥未　初二日癸丑卯初一刻十三分立春
　　　　　　　　十八日戊辰丑初三刻二分雨水

二月大辛卯巳丑　初三日癸未子正初刻十三分惊蛰
　　　　　　　　十八日戊戌丑初二刻二分春分

三月小辛酉亥未　初三日癸丑卯初三刻十四分清明
　　　　　　　　十八日戊辰未初二刻九分谷雨

四月大庚寅辰子　初五日甲申子正一刻六分立夏
　　　　　　　　二十日己未辰初三刻一分小满

五月小庚申戌午　初六日乙卯卯初一刻四分芒种
　　　　　　　　二十一日庚午亥正一刻三分夏至

六月大己丑卯亥　初八日丙申初三刻十一分小暑
　　　　　　　　二十四日壬寅巳初一刻七分大暑

七月小己未酉巳　初十日戊午丑初二刻十三分立秋
　　　　　　　　二十五日癸酉申正初刻十三分处暑

八月小戊子寅戌　十二日己丑寅正一刻三分白露
　　　　　　　　二十七日甲辰未初一刻五分秋分

九月大丁巳未卯　十三日己未戌初初刻十四分寒露
　　　　　　　　二十八日甲戌亥初三刻八分霜降

十月小丁亥丑酉　十三日己丑亥初二刻一分立冬
　　　　　　　　二十八日甲辰酉正二刻三分小雪

十一月大丙辰午 十四日己未未初一刻十三分大雪
　　　　　寅 二十九日甲戌辰初初刻一分冬至

十二月小丙戌子 十四日己丑子正初刻一分小寒
　　　　　申 二十八日癸卯酉初一刻十分大寒

万历七年己卯

正月大乙卯巳 十四日戊午午初二刻二分立春
　　　　丑 二十九日癸酉辰初二刻六分雨水

二月大乙酉亥 十四日戊子卯正初刻三分惊蛰
　　　　未 二十九日癸卯辰初一刻六分春分

三月小乙卯巳 十四日戊午午初三刻三分清明
　　　　丑 二十九日癸酉戌初一刻十二分谷雨

闰三月大甲申戌 十六日己丑卯正初记得十分立夏

四月大甲寅辰午 初一日甲辰戌初二刻五分小满
　　　　子 十七日庚申午初初刻八分芒种

五月小甲申戌午 初三日丙子寅初初刻□分夏至
　　　　 十八日辛卯亥初二刻□分小暑

六月大癸丑卯亥 初五日丁未申初初刻七分大暑
　　　　 二十一日癸亥辰初三刻□分立秋

七月小癸未巳酉 初六日戊寅亥正初刻一分处暑
二十二日甲午巳正初刻三分白露

八月小壬子戌寅 初八日己酉戌初初刻九分秋分
二十四乙丑丑初初刻二分寒露

九月大辛巳卯未 初十日庚辰寅初二刻十三分霜降
二十五日乙未寅初一刻六分立冬

十月小辛亥酉丑 初十日庚戌子正一刻六分小雪
二十四日甲子戌初一刻三分大雪

十一月大庚辰寅午 初十日己卯午正三刻七分冬至
二十五日甲午卯初三刻三分小寒

十二月小庚戌申子 初十日己酉夜子初刻三分大寒
二十五日甲子酉初一刻一分立春

万历八年庚辰

正月大己卯丑巳 初十日戊寅未初一刻十分雨水
二十五日癸巳午初三刻七分惊蛰

二月小己酉未亥 初十日戊申未初初刻十分春分
二十五日癸亥酉初二刻七分清明

三月大戊寅子辰 十一日戊寅丑初一刻一分谷雨
二十六日癸巳午初三刻十三分立夏

四月大戊申戌　十三日庚戌丑初一刻八分小满
　　　　　　　二十八日乙丑申正三刻十分芒种

五月小戊寅辰子　十四日辛巳巳初三刻九分夏至

六月大丁未酉　初一日丁酉寅初二刻三分小暑
　　　　　　　十六日壬子戌正三刻十三分大暑

七月大丁丑卯巳　初二日戊辰未初一刻三分立秋
　　　　　　　十八日甲申寅初三刻六分处暑

八月小丁未亥酉　初三日己亥申初二刻七分白露
　　　　　　　十九日乙卯子正三刻十二分秋分

九月大丙子戌寅　初五日庚午卯正二刻六分寒露
　　　　　　　二十日乙酉巳初二刻二分霜降

十月小丙午辰申　初五日庚子巳初初刻十分立冬
　　　　　　　二十日乙卯卯正初刻十一分小雪

十一月小乙亥酉丑　初六日庚子丑初初刻八分大雪
　　　　　　　二十日甲申酉正二刻十一分冬至

十二月大甲辰寅午　初六日己亥午初二刻十分小寒
　　　　　　　二十一日甲寅寅正三刻十分大寒

万历九年辛巳

正月小甲戌申子　初五日戊辰夜子初刻十三分立春
　　　　　　　二十日癸未戌初一刻三分雨水

二月大癸卯巳丑 初六日戊戌酉初一刻十二分惊蛰
二十一日癸丑酉正三刻十四分春分

三月小癸酉亥未 初六日戊辰夜子初一刻十一分清明
二十二日甲申辰初初刻四分谷雨

四月大壬寅辰子 初八日己亥酉初三刻二分立夏
二十四日乙卯辰初初刻十一分小满

五月小壬申戌午 初九日戊午亥正二刻十四分芒种
二十五日丙戌申初二刻十三分夏至

六月大辛丑卯亥 十二日壬寅巳初一刻五分小暑
二十八日戊午丑正三刻一分大暑

七月大辛未酉巳 十三日癸酉戌初初刻七分立秋
二十九日己丑巳初二刻八分处暑

闰七月小辛丑卯亥 十四日甲辰亥初二刻十分白露

八月大庚午申辰 初二日庚申卯正三刻一分秋分
十六日乙亥午正二刻十一分寒露

九月大庚子寅戌 初一日庚寅申初一刻六分霜降
十六日乙巳未正三刻十四分立冬

十月小庚午申辰 初一日庚申午正初刻一分小雪
十六日乙亥卯正三刻十四分大雪

十一月大己亥 丑酉 初二日庚寅午正二刻一分冬至
十六日甲辰酉初一刻十二分小寒

十二月小己巳 未卯 初一日己未巳正二刻十四分大寒
十六日甲戌卯初初刻一分立春

万历十年壬午

正月小戊戌 子申 初二日己丑丑初初刻四分雨水
十六日癸卯夜子初二刻一分惊蛰

二月大丁卯 巳丑 初三日己未子正三刻三分春分
十八日甲戌卯初一刻十四分清明

三月小丁酉 亥未 初三日己丑午正三刻八分谷雨
十八日甲辰夜子初一刻五分立夏

四月大丙寅 辰子 初五日庚申午正三刻十四分小满
二十一日丙子寅正二刻二分芒种

五月小丙申 戌午 初六日辛卯亥初二刻二分夏至
二十二日丁未申初初刻九分小暑

六月大乙丑 卯亥 初九日癸亥亥正二刻五分大暑
二十五日己卯子正三刻十分立秋

七月小乙未 酉巳 初十日甲午申初一刻十一分处暑
二十六日庚戌寅初一刻十四分白露

八月大甲戌 寅 十二日乙丑午正二刻五分秋分
二十七日庚辰酉正二刻十四分寒露

九月大甲辰 申午 十二日乙未亥初初刻十一分霜降
二十七日庚戌戌正三刻四分立冬

十月小甲戌 寅子 十二日乙丑酉初三刻五分小雪
二十七日庚辰午正三刻一分大雪

十一月大癸巳 未卯卯 十三日乙未卯正一刻六分冬至
二十七日己酉子初一刻四分小寒①

十二月大癸亥 丑酉 十二日甲子申正二刻四分大寒
二十七日己卯巳正三刻六分立春

万历十一年癸未

正月小癸巳 未卯 十二日甲午卯正三刻九分雨水
二十七日己酉卯初一刻五分惊蛰

二月小壬戌 子申 十三日甲子卯正二刻七分春分
二十八日己卯午初初刻四分清明

三月大辛卯 巳丑亥 十四日甲午酉正二刻十二分谷雨
三十日庚戌卯初一刻八分立夏

四月小辛酉 未 十五日乙丑酉正三刻三分小满

---

① "二十七",原作"十七"。

五月小庚寅子辰 初二日辛巳巳正二刻五分芒种
十八日丁酉寅初一刻四分夏至

六月大己未巳酉 初四日壬子戌正三刻十二分小暑
十九日戊辰未正一刻八分大暑①

七月小己丑亥卯 初六日甲申卯正二刻十三分立秋②
二十一日己亥亥初一刻□分处暑

八月大戊午申辰 初八日己卯巳初一刻二分白露
二十三日庚午酉正一刻九分秋分

九月大戊子寅戌 初九日丙戌子正一刻三分寒露
二十四日辛丑寅初初刻十四分霜降

十月大戊午申辰 初九日丙辰丑正二刻八分立冬
二十三日庚午子初二刻二分小雪

十一月小戊子寅戌 初八日乙酉酉正二刻十分大雪
二十三日庚子午正初刻十二分冬至

十二月大丁巳未卯 初九日乙卯卯初初刻十分小寒
二十三日己巳亥正一刻九分大寒

万历十二年甲申

正月大丁亥丑酉 初八日癸未申正二刻十一分立春
二十三日戊戌午正二刻十四分雨水

---

① "十九",原作"十五"。
② "立秋",原作"立夏"。

历 字 文 99

二月小丁巳 未卯 初八日甲寅午初初刻十四惊蛰
二十三日己巳午正一刻十二分春分

三月小丙戌 子申 初九日甲申申正三刻十二分清明
二十五日庚子子正二刻一分谷雨

四月大乙卯 巳丑 十一日乙卯午初初刻十一分立夏
二十七日辛未子正二刻七分小满

五月小乙酉 亥未 十二日丙戌申正初刻九分芒种
二十八日壬寅巳初初刻七分夏至

闰五月小甲寅 辰子 十五日戊午丑正三刻二分小暑

六月大癸未 酉巳 初一日癸酉戌正初刻十分大暑
十七日己丑午正二刻二分立秋

七月小癸丑 卯亥 初三日乙巳寅初初刻三分处暑
十八日庚申申初刻六分白露

八月大壬午 申辰 初五日丙子子正初刻十二分秋分
二十日辛卯卯正初刻七分寒露

九月大壬子 寅戌 初五日丙午辰正三刻四分霜降
二十日辛酉辰正一刻十三分立冬

十月小壬午 申辰 初五日丙子卯初二刻二分小雪
二十日辛酉辰正一刻十三分大雪

十一月大辛亥 丑酉 初五日乙巳酉正初刻一分冬至
二十日庚申巳正三刻十四分小寒

十二月大辛巳 未卯 初五日乙亥寅正初刻十四分大寒
十九日己丑亥正二刻一分立春

万历十三年乙酉

正月大辛亥 丑酉 初四日甲辰酉正二刻四分雨水
十九日己未申正三刻十四分惊蛰

二月小辛巳 未卯 初四日甲戌酉正一刻一分春分
十九日己丑亥正二刻十二分清明

三月小庚戌 子申 初六日乙巳卯正一刻五分谷雨
二十一日庚申酉初初十一分立夏

四月大己卯 巳丑 初八日丙子卯正二刻十分小满
二十三日辛卯亥初二刻十一分芒种

五月小己酉 亥未 初九日丁未未正三刻十一分夏至
二十五日癸亥辰正二刻三分小暑

六月小戊寅 辰子 十二日己卯丑初三刻十四分大暑
十七日甲午酉正一刻五分立秋

七月大丁未 酉巳 十四日庚戌辰正三刻六分处暑
二十九日乙丑戌正三刻十分白露

八月小丁丑卯十五日辛巳卯正初刻一分秋分

九月大丙午亥申辰 初一日丙申午初三刻十二分寒露
十六日辛亥未正二刻八分霜降

十月小丙子寅戌 初一日丙寅未正一刻三分立冬
十六日辛巳午初一刻四分小雪

十一月大乙巳未卯 初一日丙申卯正一刻一分大雪
十六日庚戌夜子三刻六分冬至

十二月大乙亥丑酉 初一日乙丑申正二刻四分小寒
十六日庚辰巳正初刻三分大寒

万历十四年丙戌

正月大乙巳未卯 初一日乙未寅正一刻七分立春
十六日丙戌子正一刻七分雨水

二月小乙亥丑酉 三十日甲子亥正三刻三分惊蛰
十六日庚辰子正初刻五分春分

三月大甲辰午寅 初二日乙未寅正二刻三分清明
十七日庚戌午正初刻八分谷雨

四月小甲戌子申 初二日乙丑亥正三刻四分立夏
十八日辛巳午正初刻十二分小满

五月大癸卯{巳/丑} 初五日丁酉寅初二刻十四分芒种
二十日壬子戌正二刻十三分夏至

六月小癸酉{亥/未} 初六日戊辰未正一刻六分小暑
二十二日甲辰辰初三刻二分大暑

七月小壬寅{辰/子} 初九日庚子子正初刻八分立秋
二十四日乙卯未正二刻五分处暑

八月大辛未{酉/巳} 十一日辛未丑正二刻十三分白露
二十六日丙戌午初三刻五分秋分

九月小辛丑{卯/亥} 十一日辛丑酉初三刻一分寒露
二十六日丙辰戌正一刻十三分霜降

十月大庚午{申/辰} 十一日辛未戌正四刻七分立冬
二十七日丙戌酉初初刻九分小雪①

十一月小庚子{寅/戌} 十二日辛丑午正初刻六分大雪
二十七日丙辰卯初三刻十一分冬至

十二月大己巳{未/卯} 十二日庚午亥正二刻九分小寒
二十七日乙酉申初三刻八分大寒

万历十五年丁亥

正月大己亥{丑/酉} 十二日庚子巳正初刻十分立春
二十七日乙巳卯正初刻十二分雨水

---

① "二十七",原作"十七"。

二月小己巳未卯 十二日庚午寅正二刻七分惊蛰
二十七日乙酉卯初三刻九分春分①

三月大戊戌子申 十三日庚子巳正一刻四分清明
二十八日乙卯酉初三刻十二分谷雨

四月大戊辰午寅 十四日辛未寅正二刻七分立夏
二十九日丙戌酉正初刻一分小满

闰四月小戊戌子申 十五日壬寅巳初二刻三分芒种

五月大丁卯巳丑 初二日戊午丑正二刻一分夏至
十七日癸酉戌正初刻九分小暑

六月小丁酉亥未 初三日己丑未初二刻五分大暑
十九日乙巳卯初三刻十一分立秋

七月小丙寅辰子 初五日庚申戌正一刻十三分处暑
二十一日丙午辰正一刻二分白露

八月大乙未酉巳 初七日辛卯酉初二刻九分秋分
二十一日丙午夜子二刻五分寒露

九月小乙丑卯亥 初八日壬戌丑正一刻二分霜降
二十三日丁丑丑初三刻十三分立冬

——————
① "初"下"三"上，原衍"初"字。

十月大甲午申辰　初八日辛卯亥正三刻十分三小雪
　　　　　　　　二十三日丙午酉初三刻十分大雪

十一月小甲子寅戌　初八日辛酉午初一刻三分冬至
　　　　　　　　　二十三日丙子寅正一刻十四分小寒①

十二月大癸巳未卯　初八日庚寅亥初一刻十三分大寒
　　　　　　　　　二十三日乙巳申初三刻十四分立冬

万历十六年戊子②

正月大癸　初八日庚申午正初刻二分雨水
　　　　　二十三日乙亥巳正一刻十二分惊蛰

二月小癸　初八日庚寅午初二刻十四分春分
　　　　　二十三日乙巳申正初刻八分清明

三月大壬戌子申　初九日庚申夜子初三刻三分谷雨
　　　　　　　　二十五日丙子巳正一刻十一分立夏

四月大壬辰午寅　初十日辛卯夜子初一刻四分小满
　　　　　　　　二十六日丁未申初一刻五分芒种

五月小壬戌子申　十二日癸亥辰正一刻五分夏至
　　　　　　　　二十八日己卯子正三刻十二分小暑

六月大辛卯巳丑　十四日甲午戌初一刻八分大暑
　　　　　　　　三十日庚戌午初三刻二分立秋

---

① "二十三"，原作"十三"。

② 本年正、二两月"癸"下各夺三个竖列地支中字，正月应为"丑、亥、酉"，二月应为"未、巳、卯"。

七月小辛酉十六日丙寅丑正一刻二分处暑亥

八月小庚寅 初二日辛巳未正一刻五分白露
十七日丙申夜子一刻十二分秋分
未
子

九月大己未 初四日壬子卯初一刻八分寒露
十九日丁卯辰正初刻六分霜降
酉
巳

十月小己丑 初四日壬午辰初三刻一分立冬
十九日丁酉寅正三刻三分小雪
卯
亥

十一月大戊午 初四日辛亥夜子初三刻□大雪
十九日丙寅酉初一刻五分冬至
申
辰

十二月小戊子 初四日辛巳巳正一刻三分小寒
十九日丙申寅初二刻三分大寒
寅
戌

万历十七年己丑

正月大丁巳 初四日庚戌亥初三刻四分立春
十九日乙丑酉初三刻六分雨水
未
卯

二月小丁亥 初四日庚辰申正一刻一分惊蛰
十九日乙未酉初二刻三分春分
丑
酉

三月大丙辰 初五日庚戌亥初三刻十二分清明
二十日丙寅卯初二刻四分谷雨
午
寅

四月大丙戌子 初六日辛巳申正初刻十四分立夏
　　　　　　二十二日丁酉卯初二刻八分小满

五月小丙辰申午 初七日壬子亥初初刻九分芒种
　　　　　　二十三日戊辰未正初刻七分夏至

六月大乙酉寅亥 初十日甲申辰初三刻□分小暑
　　　　　　二十六日庚子丑初初刻十二分大暑

七月小乙卯未巳 十一日乙卯酉初二刻三分立秋
　　　　　　二十七日辛未辰正初刻五分处暑

八月大甲申丑戌 十三日丙戌戌正初刻五分白露
　　　　　　二十九日壬寅卯初一刻七分秋分

九月小甲寅午辰 十五日丁亥未初二刻五分寒露
　　　　　　三十日壬寅巳正二刻八分霜降

十月大癸未子酉 十五日丁巳卯初二刻六分立冬
　　　　　　二十九日辛未子初初刻十分小雪

十一月小癸丑卯巳 十五日丁巳卯初三刻四分大雪
　　　　　　二十九日辛未子初初刻十分冬至

十二月大壬午申亥 十五日丙戌申正初刻九分小寒
　　　　　　三十日辛丑巳初一刻八分大寒辰

万历十八年庚寅

正月小壬子寅戌 十五日丙辰寅初二刻九分立春
　　　　　　二十九日庚午夜子二刻十一分雨水

二月大辛巳未卯　十五日乙酉亥正初刻六分惊蛰
　　　　　　　　三十日庚子夜子二刻七分春分

闰二月小辛亥丑酉　十六日丙辰寅初三刻二分清明

三月大庚辰午寅　初二日丙戌亥正初刻三分立夏
　　　　　　　十七日辛未午初二刻八分谷雨

四月小庚戌子申　初三日壬寅午初一刻十一分小满
　　　　　　　十九日戊午丑正三刻十三分芒种

五月大己卯巳丑　初五日癸酉戌初三刻十一分夏至
　　　　　　　二十日己丑未初三刻四分小暑

六月小己酉亥未　初七日乙巳辰初初刻□分大暑
　　　　　　　二十二日庚申夜子一刻六分立秋

七月大戊寅辰子　初九日丙子未初三刻八分处暑
　　　　　　　二十五日壬辰丑初三刻十三分白露

八月大戊申戌午　初十日丁未午初初刻六分秋分
　　　　　　　二十五日壬戌酉初初刻二分寒露

九月小戊寅辰子　初十日丁丑戌初三刻□分霜降
　　　　　　　二十五日壬辰戌初一刻九分立冬

十月大丁未酉巳　十一日丁未申正一刻十二分小雪
　　　　　　　二十六日壬戌午初一刻十分大雪

十一月小丁丑 卯亥 十一日丁丑卯初初刻□分冬至
二十五日辛卯亥初三刻十四分小寒①

十二月大丙午 申辰 十一日丙午申初一刻□分大寒
二十六日辛酉巳初一刻十四分立春②

万历十九年辛卯

正月小丙子 寅戌 十一日丙子卯初二刻一分雨水
二十六日辛卯寅初三刻一分惊蛰

二月大乙巳 未卯 十二日丙午卯初初刻十一分春分
二十七日辛酉巳初二刻五分清明

三月小乙亥 丑酉 十二日丙子酉初初刻十分谷雨
二十八日壬辰寅初三刻六分立夏

四月大甲辰 午寅 十四日丁未酉初初刻十四分小满
三十日癸亥辰正三刻一分芒种

五月小甲戌子 十六日己卯丑初二刻十四分夏至

六月大癸卯 申巳丑 初二日甲午戌初一刻七分小暑
十八日庚戌午正三刻三分大暑

七月小癸酉 亥未 初四日丙寅卯初初刻十分立秋
十九日辛巳戌初二刻十二分处暑

————

① "初"下"三"上，原衍"初"字。
② "二十六日"，原脱"十"字，依全文日期写法补。

历 字 文

八月大壬寅子辰 初八日丁酉辰初三刻一分白露
二十一日壬子申正三刻十分秋分

九月大壬申午戌 初六日丁卯亥正三刻六分寒露
二十二日癸未丑初二刻四分霜降

十月小壬寅子辰 初七日戊戌丑初初刻四分立冬
二十一日壬子亥正一刻一分小雪

十一月大辛未巳酉 初七日丁卯酉初一刻□分大雪
二十二日壬午巳正三刻五分冬至

十二月大辛丑亥卯 初七日丁酉寅初三刻二分小寒
二十一日辛亥亥初初刻二分大寒

万历二十年壬辰

正月小辛未巳酉 初六日丙寅申初一刻三分立春
二十一日辛巳午初一刻五分雨水

二月小庚子戌寅 初七日丙申巳初二刻十四分惊蛰
二十二日辛亥午初三刻□分春分

三月大己巳卯未 初八日丙寅申初一刻九分清明
二十三日辛巳夜子初刻□分谷雨

四月小己亥酉丑 初九日丁酉巳初二刻十分立夏
二十四日壬子夜初初刻三分小满

五月小戊辰午寅亥 十一日戊辰未正二刻四分芒种
二十七日甲申辰初二刻一分夏至

六月大丁酉未巳 十四日庚子丑初初刻九分小暑
二十九日乙卯酉正二刻六分大暑

闰六月小丁卯丑 十五日辛未巳正三刻十三分立秋

七月大丙申戌午 初二日丁亥丑初二刻一分处暑
十七日壬寅未初二刻五分白露

八月大丙寅辰子 初二日丁巳亥正二刻十四分秋分
十八日癸酉寅正二刻九分寒露

九月小丙申戌午 初三日戊子辰初一刻八分霜降
十八日癸卯辰初初刻四分立冬

十月大乙丑卯亥 初四日戊午寅正初刻七分小雪
十八日壬申夜子初刻五分大雪

十一月大乙未酉巳 初三日丁亥申正二刻九分冬至
十八日壬寅巳初三刻八分小寒

十二月大乙丑卯亥 初三日丁巳丑正三刻十分大寒
十七日辛未亥初初刻八分立春

万历二十一年癸巳

正月小乙未酉巳 初二日丙辰酉初初刻九分雨水
十七日辛丑申初二刻四分惊蛰

二月小甲子 寅戌 初三日丙辰申正三刻四分春分
十八日辛未亥初初刻十三分清明

三月大癸巳 未卯 初五日丁亥寅正三刻四分谷雨
二十日壬寅卯初初刻十一分立夏

四月小癸亥 丑酉 初六日戊午寅正三刻六分小满
二十一日癸酉戌正一刻七分芒种

五月小壬辰 午寅 初八日己丑未初一刻五分夏至
二十四日乙丑卯正二刻三分小暑

六月大辛酉 亥未 初十日庚辰子正一刻九分大暑
二十五日乙亥申正三刻一分立秋

七月小辛卯 巳丑 十二日壬辰辰初一刻四分处暑
二十七日丁未戌初一刻八分白露

八月大庚申 戌午 十四日癸亥寅正二刻一分秋分
二十九日戊申午正一刻十四分寒露①

十月大己未 酉巳 十五日癸亥丑初初刻十四分小雪
三十日戊寅寅正三刻八分大雪

十一月大己丑 卯亥 十四日壬辰亥正一刻十四分冬至
二十九日丁未申初一刻十三分小寒

————————

① 原文此下漏记九月份,缺霜降、立冬两节令月日时辰表。

十二月大己未 酉 十四日壬戌辰正二刻十二分大寒
　　　　　　巳 二十九日丁丑丑正三刻十二分立春

万历二十二年甲午

正月小己丑 卯 十三日辛卯亥正三刻十四分雨水
　　　　　　亥 二十八日丙午亥初一刻八分惊蛰

二月大戊午 申 十四日辛酉亥正二刻八分春分
　　　　　　辰 三十日丁丑寅初初刻二分清明

三月小戊子 寅 十五日壬寅巳正二刻八分谷雨

四月大丁巳 戌 初一日丁未亥初一刻三分立夏
　　　　　　未
　　　　　　卯 十七日癸亥巳正二刻九分小满

五月小丁亥 丑 初三日己卯丑正初刻十分芒种
　　　　　　酉 十八日甲午戌初初刻八分夏至①

六月小丙辰 午 初五日庚戌午正三刻一分小暑
　　　　　　寅 二十一日丙寅卯正初刻十三分大暑

七月大乙酉 亥 初七日辛巳亥正二刻四分立秋
　　　　　　未 二十三日丁酉未初初刻十分处暑

八月小乙卯 巳 初九日癸丑丑初初刻十二分白露
　　　　　　丑 二十四日戊辰巳正一刻六分秋分

———

① 后"初"下，原夺"刻"字。

九月大甲午 戌申 初十日癸未申正一刻二分寒露
二十五日戊戌初初刻二分霜降

十月小甲子 辰寅 初十日癸丑酉初二刻十三分立冬
二十五日戊辰申初三刻一分小雪

十一月大癸巳 酉未 十一日癸未巳正二刻十四分大雪
二十六日戊戌寅正一刻四分冬至

十二月大癸丑 卯亥 初十日壬子亥初一刻三分小寒
二十五日丁卯未正二刻二分大寒

万历二十三年乙未

正月大癸巳 酉未 初十日壬午辰正三刻二分立春
二十五日丁酉寅正三刻四分雨水

二月小癸丑 卯亥 初十日壬子寅正三刻四分惊蛰
二十五日丁卯寅初初刻十一分春分

三月大壬辰 申午 十一日壬午辰正三刻六分清明
二十六日丁酉申正一刻十二分谷雨

四月小壬子 寅戌 十二日癸丑寅初初刻六分立夏
二十七日戊辰申正一刻十三分小满

五月大辛巳 未卯 十四日甲申辰三刻十三分芒种①
三十日庚子子正三刻十一分夏至

————————

① "辰"下，原缺"初"或"正"字。

闰五月小辛亥十五日乙卯酉正二刻四分小暑　丑

六月小庚辰 初二日辛未午正初刻□分大暑　午酉
　　　　　十八日丁亥寅正二刻八分立秋　寅

七月大己酉 初四日壬寅酉正三刻二分处暑　亥
　　　　　二十日戊子辰初初刻一分白露　未

八月小己卯 初五日癸酉申正初刻十分秋分　巳
　　　　　二十日戊子亥正初刻十分寒露　丑

九月大戊申 初七日甲辰子正三刻六分霜降　戌
　　　　　二十二日己未子正二刻二分立冬　午

十月小戊寅 初六日癸酉亥初二刻五分小雪　辰
　　　　　二十一日戊子申正二刻四分大雪　子

十一月大丁未 初七日癸卯巳正初刻九分冬至　酉
　　　　　　二十二日戊午寅初初刻七分小寒　巳

十二月大丁丑 初六日壬申戌正一刻六分大寒　卯
　　　　　　二十一日丁亥未正二刻七分立春　亥

万历二十四年丙申

正月小丁未 初六日壬寅巳正二刻八分雨水　酉
　　　　　二十一日丁巳巳初初刻二分惊蛰　巳

二月大丙子
寅戌
　初七日壬申巳正一刻二分春分
　二十二日丁亥未正二刻十分清明

三月大丙午
申辰
　初七日壬寅亥正一刻十分谷雨
　二十三日戊午辰正三刻九分立夏

四月小丙子
寅戌
　初八日癸酉亥正一刻一分小满
　二十四日己丑未初三刻二分芒种

五月大乙巳
未卯
　十一日乙巳卯正二刻十四分夏至
　二十七日辛酉子正一刻七分小暑

六月小乙亥
丑酉
　十二日丙子酉初二刻三分大暑
　二十八日壬辰巳初初刻十分立秋

七月小甲辰十五日戊申子正二刻十四分处暑

八月大癸酉
寅亥未
　初一日癸亥午正三刻四分白露
　十六日戊寅亥初三刻十三分秋分

九月小癸卯
巳丑
　初二日甲午寅初二刻十分寒露
　十七日己酉卯正二刻十分霜降

十月大壬申
戌午
　初三日甲子卯正一刻六分立冬
　十八日己卯寅初一刻十分小雪

十一月小壬寅
辰子
　初二日癸巳亥正一刻八分大雪
　十七日戊申申初三刻十三分冬至

十二月大辛未　酉／巳　初三日癸亥辰正三刻三分小寒／十八日戊寅丑正初刻七分大寒

万历二十五年丁酉

正月小辛丑　卯／亥　初二日壬辰戌正一刻二分立春／十七日丁未申正一刻十三分雨水

二月大庚午　申／辰　初三日壬戌未正三刻六分惊蛰／十八日丁丑申正初刻六分春分

三月大庚子　寅／戌　初三日壬辰戌正一刻十三分清明／十九日戊申寅初初刻三分谷雨

四月小庚午　申／辰　初四日癸亥戌正二刻十三分立夏／二十日己卯寅正初刻四分小满

五月大己亥　丑／酉　初六日甲午戌初二刻四分芒种／二十二日庚戌午正二刻二分夏至

六月小己巳　未／卯　初八日丙寅卯正初刻十分小暑／二十三日辛巳夜子二刻六分大暑

七月大戊戌　子／申　初十日丁酉申初三刻十四分立秋／二十六日癸丑卯正二刻三分处暑

八月小戊辰　午／寅　十一日戊辰酉正二刻七分白露／二十七日甲申寅初三刻二分秋分

九月大丁酉亥未 十三日乙亥巳初三刻□分寒露
二十八日甲寅午正一刻十四分霜降

十月小丁卯巳丑 十三日乙巳午正一刻十四分立冬
二十八日甲申巳初一刻□分小雪

十一月大丙申戌午 十四日己亥寅正初刻十三分大雪
二十八日癸亥丑初三刻四分冬至

十二月小丙寅辰子 十三日戊寅未正三刻二分小寒
二十八日癸未辰正初刻一分大寒

万历二十六年戊戌

正月大乙未酉巳 十四日戊戌丑正一刻二分立春
二十八日壬子亥正一刻二分雨水

二月小乙丑卯亥 十三日丁卯戌正二刻十分惊蛰
二十八日壬午亥初三刻十分春分

三月大甲午申辰 十五日戊戌丑正二刻三分清明
三十日癸丑巳初三刻八分谷雨

闰三月小甲子十五日戊辰戌正二刻一分立夏

四月大癸巳戌未卯 初二日甲申巳初三刻八分小满
十八日庚子丑初一刻八分芒种

五月大癸亥{丑/酉} 初三日乙卯酉正一刻一分夏至
十九日辛未午初三刻十二分小暑①

六月小癸巳{未/卯} 初五日丁亥卯初一刻十分大暑
二十日壬寅亥初三刻二分立秋

七月大壬戌{子/申} 初七日戊午午正一刻六分处暑
二十三日甲戌子正一刻十分白露

八月小壬辰{午/寅} 初八日己丑巳初二刻十一分秋分
二十三日甲辰申初二刻四分寒露

九月大辛酉{亥/未} 初九日己未酉正一刻四分霜降
二十四日甲戌酉正初刻□分立冬

十月小辛卯{巳/丑} 初九日己丑申初初刻四分小雪
二十四日甲辰巳初一刻三分大雪

十一月大庚申{戌/午} 初十日己未寅初二刻八分冬至
二十四日癸酉戌正二刻十分小寒

十二月小庚寅{辰/子} 初九日戊子未初三刻一分大寒
二十四日癸卯辰正初刻十一分立春

万历二十七年己亥

正月大己未{酉/巳} 初十日戊午寅正初刻七分雨水
二十五日癸酉丑正二刻□分惊蛰

---

① "初"下"三"上，原衍"初"字。

二月小己丑亥卯 初十日戊子寅初二刻十四分春分
二十五日癸卯辰正初刻六分清明

三月大戊午辰申 十一日戊午申初二刻十分谷雨
二十七日甲戌丑正一刻四分立夏

四月小戊子戌寅 十二日己丑申初二刻十分小满
二十八日乙巳辰初初刻十一分芒种

五月大丁巳卯未 十五日辛酉子正初刻九分夏至
三十日丙子酉初三刻一分小暑

六月小丁亥丑卯 十六日壬辰午初初刻十三分大暑

七月大丙辰午酉 初三日戊申寅初一刻五分立秋
十八日癸亥酉正初刻九分处暑

八月大丙戌寅子 初四日己卯卯正一刻□分白露
十九日甲午申初一刻七分秋分

九月小丙辰寅申午 初四日己酉亥初一刻八分寒露
二十日乙丑子正初刻七分霜降

十月大乙酉未亥 初五日己卯夜子初三刻五分立冬
二十日甲午戌正三刻八分小雪

十一月小乙卯丑巳 初五日己酉申初三刻十一分大雪
二十日甲子巳初一刻十三分冬至

十二月大甲申 戌午 初六日己卯丑正一刻十一分小寒
二十日癸巳戌初二刻十分大寒

万历二十八年庚子

正月小甲寅 辰子 初五日戊申未初三刻十分立春
二十日癸亥巳初三刻十分雨水

二月大癸未 酉巳 初六日戊寅辰正一刻四分惊蛰
二十一日癸巳巳正二刻三分春分

三月小癸丑 卯亥 初六日戊申未初二刻七分清明
二十一日癸亥亥初二刻十四分谷雨

四月小壬午 申辰 初八日己卯辰正初刻七分立夏
二十二日甲午亥初初刻十四分小满

五月大辛亥 丑酉 初十日庚戌午正三刻十四分芒种
二十六日丙寅卯初二刻十分夏至

六月小辛巳 未卯 十一日辛巳夜子初二刻四分小暑
二十七日丁酉酉初初刻一分大暑

七月大庚戌 子申 十四日癸丑巳初一刻九分立秋
二十九日戊辰夜子初三刻十三分处暑

八月大庚辰 午寅 十五日甲申午正初刻三分白露
三十日己亥亥初初刻十四分秋分①

---

① 以下即缺。

附

跋①

  旌阳许真君驱孽龙于铁树,永镇妖氛②;点瓦石为黄金,代偿民税。功行法大,拔宅上升,而救世之心,惓惓不已。先哲聊斋先生,文名卓越,著作伟丰。伟隐几默思,先生胸内必有奇气,乃能有奇遇,造奇景,写奇情,为宇宙不可磨灭之迹也。《历字文》中,阴阳、干支戛乎其难,尤赖先生奇笔以达之,成为万世不朽之作,可称为词、文并祝两尤也。先生乃我江左名流,一生虽未出而问世,凡所作③,人人意中莫不思一披读为快也。《历字文》之稿,伟得之书肆,上下二册,善价购之。细阅是书,下册之有"序",乃知先生在本境毕府设教有年,茶余酒后,于四库书中细心搜集,费尽数载心血,始汇纂成书,名"历字"耳。昔我江左祷祠祭醮,往往乡村不知禁忌,求福者而致灾也。先生由四库书中参考六十年甲子年、月、日、时,凡登斋修建、吉凶禁忌、福利休祥,无不具载。诸条详明不紊。嗟乎!昔先生抱绝世奇才,潦倒场屋,才莫能展。细读当日所著各书,非徒作不平之鸣,而欲传诸后世,永垂不朽也。自得先生之稿,每欲跋题。奈伟樗栎庸才,愧难着笔。惟恐日久湮没此文,谨作短篇以记之。庶不负吾哀集之苦心尔。

  光绪二十七年辛丑和月。

后学耿世伟谨跋　男秉枢代笔

---

① 题为辑校者所加。原文无题。
② "镇",原作"真"。
③ "所"下,原有"之"字。

聊斋小曲

夜雨思夫曲

小引：难消日影偏迟迟，窗外好鸟唱唧唧。
　　　双眉不待情君扫，自点胭脂自整衣。

【雁过声】[①]谯楼一鼓敲，谯楼一鼓敲，佳人忙把银灯挑，不住地望外瞧。盼不到好瞧，愁锁双眉泪珠抛，愁锁双眉泪珠抛。

【前调】谯楼二鼓急，谯楼二鼓急[②]，忽听窗外雨淋漓，不住地泪眼迷。风愈紧，雨愈急，梧桐叶落草萋萋，梧桐叶落草萋萋。

【前调】谯楼三鼓过，谯楼三鼓过，争奈愁思往事何。冷清清，风飒飒；幽怨长，灯花落。凄风凉雨长夜何，凄风凉雨长夜何。

【前调】谯楼四鼓交，谯楼四鼓交，无限伤心被他挑。听铃淋雨声遥，疏还密，低复高。几阵窗前人惊搅，几阵窗前人惊搅。

【前调】谯楼五鼓初，谯楼五鼓初，纷纷泪点如雨珠。半壁残灯离迷，雨中因想更凄。声声默默动人思，声声默默动人思。

附后：康熙五年秋月之初，有邻村之贤妇者，但伊夫素嗜韩寿之
　　　癖，如适其性，恒终夜不归；而是妇辄于风宵雨夜而伺之，以
　　　为常[③]。兹以素悉其概，故作是曲以志。

松作

新 婚 宴 曲

小引：胧明春月照花枝，始是新承恩泽时。
　　　长倚玉人心自醉，年年岁岁乐于期[④]。

【叠断桥】一更鼓儿敲，一更鼓儿敲，孔雀屏开，银灯照。借灯光，

---

① "声"下，原有"调"字。
② 原文无此复沓句，参照其他各段补入。
③ "常"，原作"尝"。
④ "于期"，原作"干期"。

细把佳人瞧。轻点朱唇,淡把蛾眉扫,轻点朱唇,淡把蛾眉扫。面庞儿 自来带笑,面庞儿 自来带笑。

【前调】二更乐声喧,二更乐声喧,陈设酒筵 色色鲜。有侍婢 双双把杯盏。玉液琼浆,珍味盛大盘;玉液琼浆,珍味盛大盘。果品儿 样样新鲜;果品儿 样样新鲜。

【前调】三更肴羹萃,三更肴羹萃,交换金樽 调美味。互相劝,各尽两三寻。过饮千杯①,也是不能醉;过饮千杯,也是不能醉。并肩儿 玉人一对,并肩儿 玉人一对。

【前调】四更酒兴阑,四更酒兴阑,双携玉手 并香肩。剪灯花,仔细来相看②。玉体亭亭,金莲又纤纤;玉体亭亭,金莲又纤纤。轻盈儿 一双臂腕,轻盈儿 一双臂腕。

【前调】五更星月稀,五更星月稀,同入罗帏 同解衣。早现出那珠辉玉丽,明霞般骨,似沁雪般肌;明霞般骨,似沁雪般肌。尽力儿 拥抱偎依,尽力儿 拥抱偎依。

特志事略:

康熙六年,仲春之月,适在王村,课蒙为业。有村古城,偶往游焉,访故人耳,作席地谈。某之比邻,素亦望族,吉期合卺。新婚之夜,交杯换盏,情爱异常。人生极乐,孰比于斯?岂吾慕之,人人慕之。故作此曲,永久志之。

岂有此理曲

王与妇谈文之语——口头语。敝作此曲。

岂有此理,那里话!不要照奴发。先有你来后有他,何必争差。这都是旁人告诉你的话,主意自己拿。那些人巴不得咱俩不说话③,是

---

① "过",原作逈,下句同。
② "仔",原作"自"。
③ "巴",原作"扒";"俩",原作"两"。

些冤家①。怎肯疼他,将你撇下。又不眼花,奴岂肯一条肠子两下里挂,半真半假?你不信,我舍着身子把誓骂。屈杀奴家!屈杀奴家!

尼姑思俗曲

小引:尼姑睡朦胧,梦见一书生。二人恩和爱,铁马响一声。
　　　惊醒南柯梦,翻身是个空。叫声小情郎,影儿无了踪。

【叠断桥】

一更里,独坐禅堂;一更里,独坐禅堂。手拿着木鱼儿,一阵好悲伤;手拿着木鱼儿,一阵好悲伤。落了发,去修行,离了家乡。最可怜奴在青春未配那少年郎,最可怜奴在青春未配那少年郎②。算小奴 活不过 三、六、九岁③,因此上 二爹娘 将小奴 舍在庙堂,因此上 二爹娘 将小奴 舍在庙堂。恨只恨 老爹爹 行事太错;想当年 作此事,二老并未商量,想当年 作此事,二老并未商量。

二更里,珠泪两行;二更里,珠泪两行。山门外 走进来 美貌女红妆,山门外 走进来 美貌女红妆。穿着红,挂着绿,多么好看。怀抱着 小孩童,口口叫声娘;怀抱着 小孩童,口口叫声娘。黑真真 乌云发 犹如墨染④,鬓边上 斜插着 花儿秋海棠,鬓边上 斜插着 花儿秋海棠。有闲事 合无事 山门外看⑤:看一看 众黎民 都比我出家强,看一看 众黎民 都比我出家强。

三更里,睡正朦胧;三更里,睡正朦胧,山门外 走进来 美貌一书生,山门外 走进来 美貌一书生。走上前 拉住了 袍和衣袖,他言说:同入帏房,叙叙想思情;他言说:同入帏房,叙叙想思情。我二人 正在那爱恋之处,忽听得 铁马儿 嗳 当啷响了一声;忽听得 铁马儿 当啷响了一声。这才是 惊醒了 南柯一梦;翻翻身,叫情郎,搂抱一场空;翻翻

---

① "冤",原作"鬼"。
② 以上二句中"少"原作"小"。
③ "岁",原作"才"。按:日文汉字"才"与中文汉字"岁"同义。
④ "犹如",原作"尤如"。
⑤ 介词或连词"和",此本均写作"合"。

身,叫情郎,搂抱一场空。

　　四更里,打扫禅堂;四更里,打扫禅堂。开山门,人进来,还愿又烧香;开山门,人进来,还愿又烧香。也有男,也有女,也有老少;也有那好夫妇,男女好情肠;也有那 好夫妇,男女好情肠。有姑娘 共学生 成双配对,最可恨 作小尼苦守在禅堂,最可恨 作小尼苦守在禅堂①。见妇女 怀抱着 小小婴孩,可叹我 当尼姑,一世也白来;可叹我 当尼姑,一世也白来。

　　五更里,泪流如雨;五更里,泪流如雨。眼看着 月色歪,天到发了明,眼看着 月色歪,天到发了明。清晨起,到禅堂,蒲团打坐;洗洗手,漱漱口,奴好去念真经;洗洗手,漱漱口,奴好去念真经。有小尼 正把那 真经来念②,猛听得 半空中 呼唤一声,叫一声 小尼姑 洗耳敬听,叫一声 小尼姑 洗耳敬听。我本是 上方界 普化三通,奉上神,来点化,你且记心中;奉上神,来点化,你且记心中③。从今后 且不可 思念红尘事,小心着 造下祸五雷又来轰,小心着 造下祸五雷又来轰。训话罢,一阵风,无了踪影。有小尼 才知道 上神把话明。从今后 回禅堂 苦苦去修行,从今后 回禅堂 苦苦去修行。

　　附后:康熙十有二年,暮春之初,寂寞无聊,与高念东徒步而游。偶至邑城东北之故有莲花庵,即同入随喜。上方佛殿遍览既毕,径憩于禅堂。俄一小尼躁躞献茶。窥其意旨,颇有思俗之念。偶成此曲,兹志之。不无世有小补焉。

柳泉氏作

夜雨鳏夫思妻曲

小引:半壁残灯闪闪明,雨中因想雨淋零。

---

① 原文无此复沓句,参照其他各段补入。
② "来念",原作"念来"。
③ 以上二句"记"上原有"许"字,衍文。

伤心一觉兴凶梦,直欲裁书问杳冥①。

【霜天晓角】黄昏初更交,独将银灯照。愁深梦杳,白发添多少!最苦佳人逝早。伤独夜,恨闲宵。不堪闲夜雨声频,一念重泉一怆神。挑尽灯花眠不得,凄凉斋内更何人②。

【小桃红】忽听二鼓敲,冷风冷雨战长宵。听点点 都向那梧桐梢。萧萧飒飒,一齐乱把暗愁敲。才住了,又还飘。哪堪是:空帏空串烟消。人独坐,厮凑着孤灯照。恨同听没个娇娆。猛想起旧欢娱,止不住泪痕交。

【下山虎】三更又来报,风雨仍不消。万山古道,峰巅岩峣,急雨催林杪。檐铃乱敲,似怨如愁,碎聒不了。响应空山魂暗消。一声儿忽慢嫋,一声儿忽紧摇。无限伤心事,被他们挑③。写入清商传恨遥。

【五韵美】四更鼓声高。听淋淋,伤怀抱,凄凉万种新愁绕。把愁人尽虐得 十分恼。天荒地老!这种恨,谁人知道。你听窗外雨声,越发大了。疏还密,低复高,才合眼,又几阵窗前把人惊搅。

【山麻秸】④五更报,鸡鸣了。才朦胧,猛听喊声娇。细认如花貌,犹然自现在人间,当面堪邀。忙教潜出了书斋内,夹城复道。顾不得夜深人静,露凉风飘,月黑途遥。清冷冷荒郊远郊⑤,飒刺刺风摇树摇。猛然一声,全不见了。叫不出花娇月娇,料多应形消影消。我只道谁惊残梦飘,原来是乱雨萧萧。只隔着一个窗儿,直滴到晓。

五更合欢曲

小引:斗画长眉翠淡浓,远山移入镜当中。
　　晓窗日射胭脂颊,一朵红酥旋欲融。

---

① "问",原作"门"。
② "斋内","斋"原作"南",因形近而误。
③ "他们","们"原作"门"。
④ "秸",原作"稭"。
⑤ "清冷冷",原作"清冷清"。

【念奴娇】①初更新合欢。沉吟半响,怕庸姿下体,不敢陪从椒房。受宠承爱,一霎时,身判人间天上。唯愿取:恩情美满,地久天长。

【古轮台】二更月上窗。下金堂,笼灯就月细相量。庭花不及娇模样,轻偎低傍。这鬓影衣光,掩映出丰姿千状。此夕欢娱,风清月朗,笑他梦雨暗高唐。

【前调】三更月,月高仙掌。今宵占断好风光。红遮绿障,锦云中一对鸾凤。瑶花玉树,夜月春江,声声暗唱,月影过墙。搴罗幌,好扶残醉入兰房。花摇烛月映窗,把良宵欢情细讲。

【字字锦】四更月,花影重。恩从天上浓,缘向前生种。金笼花下开,巧赚娟娟凤。烛花红,只见弄盏传杯;传杯处,蓦自语儿唧哝。匆匆不容宛转,把人央入帐中。帐中欢如梦。绸缪处,两心同;绸缪处,两心暗同。

【前调】五更月落西,奈朝来背地,有人在那里。人在那里,装模作样,言言语语,讽讽讥讥。咱这里,羞羞涩涩,惊惊惕惕。犹忆,夜来旖旎。回看处,恰似鸳鸯对宿。白头偕老,今日伊始。

赌博五更曲

一更里,黑了天,打伙子商量 去赌钱。坐下就把端阳弄,叫了个么六,输了半千②。不打一更天,输了八柱钱。人家坐红,俺掷十三。两吊铜钱 输了个净,倒吃了局家七八袋烟③。 赌博场里闲打蹭,坐下就把端阳弄。四五六点都拷盆,一心却还不足兴。时气低,运气蹭,坐下点子照着蹦④。抓起骰来热了盆,一输输了个净打净。

二更里,月转高,借了二百文输了⑤。哪里诳借再来赌,借了一遭,

---

① "娇",原作"桥"。
② "千",原作"斤"。
③ "倒",原作"到"。
④ "蹦",原作"硼"。
⑤ "百",原作"伯";"文",或"又"之讹。

无曾借着。这钱极好捞,就是无了梢①。极瞪着俩眼好似肉边②,满怨自己无主意,最不该一回都输净了。满怨自己无身分,平日合他胡打混③。抓耳挠腮借不着,明日还人也不信。暗暗恼,心发恨,好似交了死绝运。手里无个低小毫,这待怎么着光打混④!

三更里,半夜多,手里无钱看歪脖⑤。人家吃饼卷鸡蛋,馋的俺嘴里光咽唾沫。急的俺把脚跺,躁的俺把手搓⑥,不住旁里瞎咕弄。人家拉俺睡了觉,睡了多时无曾睡着。赢家走,输家求,站在旁里闲多口。使心劳,点一着,除不承情骂不休。闲多口,无量斗,局家好似呲拉狗⑦。揪着耳朵摔出去,无眼搭撒往家走。

四更里,眼正花,趴趄起来转还家⑧。推开门,往家走,老婆炕上他又骂⑨。骂了声"贼强人!"骂了声"强人杀!"无白无黑做的什么!恼恼性子不合你过,不是投井就是吊杀。不怨别人怨自己,前世命薄摊着你。⑩哪时烧了短头香,摊着你也赌博癖。孩子哭,全不理,跳将起来把皮起。吃穿二字受操劳,看看谁来不强似你。

五更里,大天明,婆子咕哝只推聋。满怨自己做的错,忍气吞声不做声。疲困浑身疼,发花眼难睁,翻来覆去不受用⑪。一头札在炕头上,回头朝里推害汗马。抓毛竖空炕上爬,做梦又把骰来抓。么了就是七星剑,八九就是一枝花。赶着赢,赶着抈,趴趄起来转还家。炕上使了一身汗,醒来还是半铺榻。

(此曲,《俊夜叉》曲附后)

---

① "梢",原作"捎"。
② "肉边",疑有脱字。
③ "他",原作"也"。
④ "混",原作"棍"。
⑤ "脖",原作"博"。
⑥ "搓",原作"撮"。
⑦ "量",原作"良";"狗"原作"枸"。
⑧ "趴趄",原作"扒抈"。据后文同句改。
⑨ "炕",原作"坑"。下同。
⑩ "薄",原作"簿"。
⑪ "不",原作"又"。

离 了 家 乡[①]

正月里,梅花娇[②],春风飘,又见春光上柳条。家家闹元宵,走冰又过桥。他乡人也跟着混一遭。二月初二是花朝,冻初消,榆钱绽树梢。春风摇梦遥。不觉的三月清明又到了。杏谢放红桃,坟头把纸烧,可怜俺望家乡万里遥。

四月里,小麦黄,稻插秧,困人天气日初长。紫燕上雕梁,黄莺啭绿杨。这时节又不热来又不凉。五月五日是端阳,角黍香[③],艾虎挂门旁,葡萄酒满觞。又早是六月入伏热难当[④],荷花满池塘,暖水戏鸳鸯[⑤],可怜俺 抛妻离子在他乡。

七月里,到秋间,听寒蝉,梧叶飘飘下井栏。十五是中元,家家祭祖先。离乡人舍坟墓好心酸。八月里中秋白露寒,蛩声喧。人家妻子欢,月圆人也圆。那堪这在他乡[⑥],又到九月天。此时列酒筵,菊花插鬓边,可怜俺 远游人形影单[⑦]。

十月里,天气寒,觉衣单,鸿雁行行尽向南[⑧]。行时雨涟涟,又是雪漫天。北风起,冻我手是冷添添。十一月里难上难。河覆坚,日色冷晰晰,火炉不救寒。受冰霜,又到腊月天,岁尽冬已残[⑨],行人都回还。可怜俺 又见人家过新年。

---

① 此曲同于聊斋俗曲《富贵神仙》(以下简称《富》)和《磨难曲》第五回的〔玉娥郎〕,文字小异。
② "娇",原作"焦",据《富》曲改。
③ "角",原作"脚",据《富》曲改。
④ "早"下,原有"起"字,衍文。
⑤ "戏",原作"洗",据《富》曲改。
⑥ "堪",原作"看"。
⑦ "形影",原作"行影",据《富》曲改。
⑧ "南"下,原衍"行"字。
⑨ "冬已残",原作"已冬残"。据《富》曲改。

采 茶 歌①

风儿难捱②,风儿难捱,打户敲窗又入怀。铁马儿闹成堆,帘钩儿响成块③。好似恶人来,好似恶人来,锦被蒙头眼不开④。就是苦相思,也不教奴安稳害。

花似美人图,花似美人图⑤,好时全在半开初。错过了好光阴,乱纷纷飞满路⑥。我单你也孤,我单你也孤⑦,奴看你来你看奴⑧。花呀,你若有神灵,对你把情诉⑨。

附 编

李丑三吃狗肉曲

康熙爷登基壬寅年,有一段奇事出在淄川。他家住城东十里外,大王庄上有家园。祖上姓李未改姓,他的名字叫李丑三。此人生来甚是胖,腰围足够五尺圆,身高一丈还靠外,头似流斗肩膀宽⑩。此人生平无所好,一生最爱吃家犬。山珍海味都不爱,惟有狗肉吃着鲜。闲来无事在坡里逛,遇着一只黄犬下了山。李丑三一见心欢喜,挽挽袖子攒攒拳。一个箭步跳上去,照着那狗头就是一脚尖。那黄狗扑通一声张在地,李丑三上前抓住后腿顺手牵。三拳五脚就打死,挟将起来

---

① 此曲同于聊斋俗曲《蓬莱宴》(以下简称《蓬》)第五回的〔采茶儿〕前两段。全曲应为五段,后三段已佚。
② "捱",原作"推"。下句同。据《蓬》曲改。此曲以下改补均据《蓬》曲。
③ "帘",原作"帘帘";"钩",原作"勾"。
④ "蒙",原作"穿"。
⑤ 原夺此复沓句。
⑥ "纷纷",原作"分"。
⑦ "你"上,原夺"我单"。
⑧ "来"下,原夺"你"字。
⑨ 此下即缺,参见《蓬》曲。
⑩ "流斗",或"柳斗"(即柳条编的打水用的柳灌斗)之讹。

往家颠。挟到家中将皮剥①,刀板锅勺耍的欢。作洗干净用锅煮②,蕙姜花椒又加盐。煮罢多时狗肉烂,烫上烧酒醮蒜餐③。哈罢一回真快乐,好似刘、阮到九天。这是说的实在话,后人休得当胡言。

露水珠儿曲

露水珠儿在荷叶上转,颗颗滚圆,颗颗滚圆。姐儿一见,忙用线穿,喜上眉间,喜上眉间。恨不能一颗颗穿成串,排成连环。要成串,要成串,谁知珠儿也会变,不似从前。这边散了,那边去团圆,改变心田。闪杀奴,偏偏又被风吹散。被风吹散,被风吹散,落在河中间。后悔迟,当时错把宝贝看。叫人心寒,叫人心寒!

附后:康熙十有三年仲夏,阴雨连朝,水流如注。欲出游而不得,寂寞殊甚。偶作闲散短曲,借以驱睡魔耳。

---

① "剥"上,原有"将"字,衍文。
② "干"下,原夺"净"字。
③ "烫",原作"汤"。

附

《聊斋小曲》编集经过序

　　夫聊斋遗稿之深藏于匣底者有三百年矣。独既刊之《聊斋志异》一书特别著名①，至于其他各稿则尚未见诸世。编者多年居住于聊斋柳泉居士之故乡，即古般阳今之淄川也。连年目睹聊斋遗稿之散逸，不禁为之挥泪同情焉。今所编集小曲数十篇，皆得之于柳泉居士足迹所到之地，或与其友谊交情者及后裔者。例如淄川城内栖云阁旧高珩（号念东）家，或贾村庄旧张笃庆家，或王村毕怡庵家（其后辈有柳村画伯），或又同王村西铺振衣阁旧毕自严②（号白阳，其后辈东河亦清末咸丰年为户、兵部侍郎）家等处所秘藏之原稿及抄本，均行集录之。诚属秘稿中之珍稿也。

　　　…………

　　故振衣阁内之绰然堂为柳泉居士教学之房也。柳泉出芦，滞留于王村毕家，课蒙教师约三十年。其著述之大半皆此时期所成也。

于山东省淄川县簧山下

编者　平井雅尾

---

①　"著名"，原作"著明"。
②　"严"，原误作"岩"。

附录 聊斋编处世格言百全

古今来许多世家无非积德；
天地间第一人品还是读书。

树德箕裘惟孝友；
传家彝鼎在诗书。

树德承鸿业；
传经裕燕贻。

天庥静迓惟为善；
祖泽长延在读书。

立品定须成白璧；
读书何止到青云。

不因果报方修德；
岂为功名始读书。

读书即未成名,究竟人高品雅；
修德不期获报,自然梦稳心安。

爱惜精神,留他日担当宇宙；
蹉跎岁月,问何时报答君亲。

诸君到此何为？岂徒学问文章,擅一艺微长,便算读书种子；
在我所求亦恕,不过子臣弟友,尽五伦本分,共成名教中人。

眼界要阔,遍历名山大川；
度量要宏,熟读五经诸史。

一庭之内自有至乐；
六经以外别无奇书。

海阔从鱼跃；
天空任鸟飞。

涵养冲虚便是身世学问；
省除烦恼何等心性安和。

意粗性躁一事无成；
心平气和千祥骈集。

居安虑危；
处治思乱。

想自己身心，到后日置之何处；
顾本来面目，在古人像个甚么。

花繁柳密处拨得开方见手段；
风狂雨骤时立得定才是脚根。

敬为千圣授受真源；
慎乃百年提撕紧钥。

热闹繁华之境一过辄生凄凉；
清真冷淡之为历久愈有意味。

家坐无聊，亦思食力担夫红尘赤日；
官阶不达，尚有高才秀士白首青衿。

语言间尽可积德；
妻子上亦是修身。

事事难上难，举足常虞失坠；
件件想一想，浑身都是过差。

富贵如传舍，惟谨慎可得久居；
贫贱若敝衣，但勤俭能以脱却。

经济出自学问，经济方有本源；
心性见之事功，心性乃为圆满。

舍事功更无学问；
求性道不外文章。

圣贤学问是一套①，行王道必本天德；
后世学问是两截，不修己只管治人。

何思何虑？养心当如止水；
勿断勿忘，为学譬若掘井。

口里伊周，心中盗跖，责人而不责己，名为挂榜圣贤；
独凛明旦，幽畏鬼神，知人而复知天，方是有根学问。

读经传则根底厚，看史鉴则议论伟；
观云物则眼界宽，去嗜欲则胸怀净。

---

① "贤"，原作"吴"。按：本稿"贤"均作"吴"或"矣"，系"贤"草体之讹。

欲除烦恼先忘我；
各有因缘莫羡人。

宜静默，宜从容，宜谨严，宜俭约，四者切己良箴；
忌多欲，忌妄动，忌坐驰，忌旁骛，四者关心大病。

怒宜实力消融；
过要细心检点。

青天白日的节义自暗室屋漏中培来；
旋转乾坤的经纶自临深履薄处得力。

名誉自屈辱中彰；
德量从隐忍里大。

天地间真滋味，惟静者能尝得出；
事务内巧机括，独智士能看得透。

有作用者，器宇定是不凡；
怀智慧人，才情决然不露。

大事难事看担当；
逆境顺境看度量。

临喜临怒得涵养；
群行群止得识见。

慎言动于妻子仆隶之间；
检身心于食息起居之际。

言行拟之古人则德进；
功名付之天命则心闲。

报应念及子孙则事平；
受享虑及疾病则用俭。

恩里由来生害，故快意时须早回头；
败后或反成功，即拂心处莫便放手。

毋以妄心戕真心；
莫因客气伤元气。

物力艰难，要知吃饭穿衣谈何容易；
光阴迅速，即使读书行善能有几多。

为人无成心便带福气；
做事有结果亦是寿征。

费千金而结纳势豪，孰若倾半瓢之粟以济饥饿；
构万楹而招徕宾客，何如葺数椽之屋以庇孤寒。

悯济人穷，虽分文升合亦是福田；
乐与人善，即只字片言皆为良药。

身世多险途，急须寻求安宅；
光阴同过客，且莫汩没主翁。

平居寡欲养身，临大节则达生委命；
治家量入为出，干好事即仗义输财。

存恶心须防鬼神知；
干好事不怕旁人笑。

莫忘祖父积阴功，须知文字无权全凭阴鹭；
最怕生平坏心术，毕竟主司有眼如见心田。

孝子百世之宗；
仁人天下之命。

从热闹场中出几句清冷言语，便扫除无限杀机；
向寒微路上用一点赤热心肠，自培植许多生意。

心地上无波涛，随在皆风恬浪静；
性天中有化育，触处见鱼跃鸢飞。

急行缓行，前行总有许多路；
逆取顺取，命中只该这般财。

热不可除，而热恼可除，秋在清凉台上；
穷岂能遣，而穷愁能遣，春生安乐窝中。

要足何时足，知足便足；
求闲不得闲，偷闲即闲。

理欲交争，肺腑成为吴越；
物我一体，参商终是弟兄。

欲不除，似蛾扑灯，焚身乃止；
贪不了，如猩吃酒，鞭血方休。

出薄言、做薄事、存薄心、种种皆薄,未免灾及其身;
设阴谋、积阴私、伤阴骘,事事皆阴,自然殃流后代。

孝莫辞劳,转眼便为人父母;
善毋望报,回头但看尔儿孙。

兄弟和,其中自乐;
子孙贤,此外何求。

眼前百姓即儿孙,莫谓百姓可欺,且留下儿孙地步;
堂上一官称父母,漫道一官好做,还尽些父母恩情。

善体黎庶情,此谓民之父母;
广行阴骘事,以能保我子孙。

洁己方能不失己;
爱民所重在亲民。

位重身危;
财多命殆。

刑罚当宽处即宽,草木亦上天生命;
财用可省时便省,丝毫皆下民脂膏。

崇德效山,藏器学海;
群居守口,独坐防心。

居家为妇女们爱怜,朋友必多怒色;
做官教衙门人欢喜,百姓定有怨声。

圣人敛福；
君子考祥。

作德日休；
为善最乐。

无关紧要之票概不标判，则吏胥无权；
没相交涉之人总绝往来，则关防自密。

世事让三分，天空地阔；
心田培一点，子种孙收。

无辜牵累难堪，非紧要只须两造对质，保全多少身家；
疑案转移甚大，无确据便当末减从宽，休养几人性命。

善为至宝，一生用之不尽；
心作良田，百世耕之有余。

要好儿孙，须方寸中放宽一步；
欲成家业，宜凡事上吃亏三分。

留福与儿孙，未必尽黄金白镪；
种心为产业，由来皆美宅良田。

作践五谷，非有奇祸，必受奇穷；
爱惜只字，不但显荣，必当延寿。

存一点天理心，不必责效于后，子孙赖之；
说几句阴骘话，纵未尽施于人，鬼神鉴之。

谋占田园,决生败子;
尊崇师傅,定产贤郎。

为善如负重登山,志虽已确而力犹恐不及;
作恶似乘骏走坂,鞭即不加而足莫禁其前。

真圣贤决非迂腐;
大豪杰断不粗疏。

防欲如挽逆水之舟,才歇手便下流;
行善若缘无枝之树,欲住脚即后坠。

谦,美德也,过谦者怀诈;
默,懿行也,太默者藏奸。

龙吟虎啸,凤翥鸾翔,大丈夫之气象;
蚕茧蛛丝,蚁封蚓结,儿女子之经营。

问消息于蓍龟,疑团空结;
祈福祉于奥灶,奢想徒劳。

愚忠愚孝实能维天地纲常,惜不遇圣人裁成,未尝入室;
大诈大奸偏会建世间功业,倘非有英主驾驭,终必跳梁。

荣枯倚伏寸田自开,惠逆何须历问塞翁?
修短参差四体自造,彭殇似难专咎司命。

观天地生物气象;
学圣贤克己工夫。

欲做精金美玉的人品，定从烈火中煅来；
思立揭地掀天的事功，须向薄冰上履过。

天下无不是的父母；
世间最难得者弟兄。

丈夫之高华只在于功名气节；
鄙夫之炫耀但求诸服饰起居。

亲兄弟析箸，璧合翻作瓜分；
士大夫爱钱，书香化为铜臭。

媚若九尾狐，巧如百舌鸟，哀哉羞此七尺之躯；
暴同三足虎，毒比两头蛇，惜乎坏尔方寸之地。

律身惟廉为宜；
处世以退为尚。

到处伛偻，笑伊首何仇于天，何亲于地？
终朝筹算，问尔心何轻此命，何重此财？

禄岂须多，防满则退；
年不待暮，有病便辞。

事有机缘，不先不后，刚刚凑巧；
命若蹭蹬，走来走去，步步踏空。

径路窄处留一步与他行；
滋味浓的减三分让人吃。

家运有盛衰,久暂虽殊,消长循环如昼夜;
人谋分巧拙,智愚各别,鬼神彰瘅最严明。

静以修身,俭以养德;
入则笃行,出则友贤。

明星朗月,何处不可翱翔,而飞蛾独趋灯焰;
嘉卉清泉,甚物堪能饮啄,而蝇蚋争嗜腥膻。

谦卦六爻皆吉;
恕字终身可行。

慨夏畦之劳劳,秋毫无补;
笑冬烘之贸贸,春梦方回。

精工言语于行事毫不相干;
照管皮毛与性灵有何关涉?

吉人无论处世和平,即梦寐神魂无非生意;
凶徒不但作事乖戾,即声音笑貌浑是杀机。

诋缁黄之背本宗,或衿带坏圣贤名教;
詈青紫之忘故友,乃衡茅伤骨肉天伦。

尽前行者地步窄;
向后看的眼界宽。

乌获病危,虽童子制梃可挞;
王嫱臭腐,惟狐狸钻穴相窥。

生前枉费心千万；
死后空持手一双。

待人三自反；
处世两如何？

踪多历乱，定有必不得已之私；
言到支离，才是无可奈何之处。

处事须留余地；
责善切戒尽言。

人生惟酒色机关，须百炼此身成铁汉；
世上有是非门户，要三缄其口学金人。

勿施小惠伤大体；
莫借公道遂私情。

刺刺不休，格格不吐，总是一般语病，请以莺歌燕语疗之；
恋恋难舍，忽忽若忘，各有一种情痴，当以鸢飞鱼跃化之。

不可吃尽，不可穿尽，不可说尽；
又要懂得，又要做得，又要耐得。

四海和平之福只是随缘；
一生牵惹之劳总因好事。

人欲从初起处剪除，似新萌遽斩，其工夫极大；
天理自乍明时充扩，如尘镜复磨，其光彩更新。

事理因人言而悟者，有悟还有迷，总不如自悟之了了；
意兴由外境而得者，遂得仍遂失，总不如自得之休休。

欲遇变而无仓忙，须向常时念念守得定；
到临死而无贪恋，总是生时事事看得轻。

当是非邪正之交不可稍迁就，稍迁就则失从违之准；
值利害得失之会不可太分明，太分明则起趋避之私。

士君子利物济人，宜居其实，不宜居其名，居其名则德损；
士大夫为国忧民，当有其心，不当有其语，有其语则毁来。

少壮者事事当用意，而意反轻，徒泛泛作水中凫而已，何以振云霄之翮？
衰老者处处要忘情，而情反重，徒碌碌为辕下驹而已，何以脱缰锁之身？

处治世宜方，处乱世宜圆，处叔季之世宜方圆并用；
待善人当宽，待恶人当严，待庸众之人当宽严互存。

鹤唳雪夜霜天，想见屈大夫醒时之激烈；
鸥眠春风暖日，会知陶处士醉里之风流。

如马如牛听人羁络；
为鹰为犬任物鞭笞。

夜眠七尺，日啖三升，何须百般计较；
书读五车，才分八斗，未闻一日清闲。

一念过差足失生平之善；
终身检饬难盖一事之愆。

土床石枕冷家风,拥衾时梦魂亦爽;
麦饭豆羹淡滋味,放箸处齿颊犹香。

遍阅人情始识疏狂足贵;
备尝世味方知淡泊为真。

骏烈鸿猷常出幽闲镇定之士,不必忙忙;
休征景福多集宽宏长厚之家,何须琐琐。

看破有尽的身躯,万境之尘缘自息;
悟入无怀的世界①,一轮之心月独明。

孤云出岫,去留一无所系;
朗月悬空,静躁两不相干。

闲看扑纸蝇,笑痴人自生障碍;
静观争巢鸟,叹杰士空逞英雄。

心与竹俱空,问是非何处安脚?
貌偕松共瘦,知忧喜无由上眉。

席摊飞花落叶,坐林中锦绣团裯;
炉烹白雪清水,熬天上玲珑液髓。

心体光明,暗室中自有青天;
念头晦昧,白日下犹生厉鬼。

---

① "怀",原作"坏"。

贫士能济人,才是性天中惠泽;
闹场肯学道,方为心地上工夫。

先达笑弹冠,休向侯门轻曳裾;
相知犹按剑,莫从世俗暗投珠。

一勺水便具四海水,味世法不必尽尝;
千江月总是一轮月,光心珠亦当自觅。

功名富贵直向险处观究竟,则贪恋自轻;
横逆困穷须从起处问来由①,则怨尤顿息。

膻秽则蝇蚋丛嘬;
芳馨则蜂蝶交侵。

从静中观物动,向闲处看人忙,才得脱俗超凡的趣味;
遇忙处会偷闲,当闹中能取静,便是安身立命的工夫。

了心自了事,犹根拔而草不生;
逃世不逃名,似膻存而蚋仍集。

造化唤作小儿,何莫受渠戏弄;
天地号为大块,须要任我炉锤。

做人只一味率真,踪迹虽隐还显;
存心有半点未净,行事纵公亦私。

---

① "问来由",原作"来问由"。

苦心中常得悦心之趣；
得意时便生失意之非。

翠筱傲严霜，节纵孤高，无伤冲雅；
红蕖媚秋水，色虽艳丽，何损清修。

一念慈祥，足酝酿两间和气；
寸心洁白，可昭垂百代清芬。

贪心胜者，逐兽而不见泰山在前，弹雀而不知深井在后；
疑心生者，见弓影而惊杯内之蛇，听人言而信世上之虎。

爽口之味皆腐胃烂肠之药，五分便无殃；
快心的事悉败身丧德之媒，半点即当悔。

做人没半点真恳的念头，便成花子，事事皆空；
涉世无一段圆活的机趣，就是木人，处处有碍。

公平正论莫使犯手，一犯手则遗羞万古；
权门私窦不可着脚，一着脚则沾污终身。

炮凤烹龙，放箸时与蔬虀无异；
悬金佩玉，成灰后与瓦砾何殊。

外世不必邀功，无过便是功；
与人不求感德，无怨便是德。

矜高傲慢无非客气，降伏得客气下而后正气伸；
情意欲识尽属妄心，消除的妄心无始得真心现。

山河大地已属微尘,而况尘中之尘;
血肉身躯且归泡影,而况影外之影。

听静夜之钟声,惊醒梦中之梦;
观澄潭之月影,窥见身外之身。

趋炎附势之祸亦惨亦甚速;
栖恬守逸之味亦淡亦最长。

有浮云富贵之风而不岩栖穴处;
无膏肓泉石之癖而常醉酒耽诗。

遇沉沉不语之士且莫输心;
见悻悻自好之人应防借口。

俭,美德也,过则为吝啬,为鄙啬,反伤雅道;
让,懿行也,过则为足恭,为曲谨,多出机心。

事业文章随身销毁,而精神万古维新;
功名富贵逐世转移,而气节千载如一。

完名美节不宜独任,分些与人可以远害全身;
辱名污行却欲全推,引些归己可以韬光养德。

粪虫至秽,变为蝉而饮露于秋宵;
腐草无光,化作萤而耀彩于夏日。

趋火虽暖,暖后更觉寒威;
食蔗能甘,甘余便生苦趣。

乐意相关禽对语,生香不断树交花,此是无彼无此的真机;
野色更无山隔断,天光常与水相连,此是彻上彻下的妙境。

盈池拳石间便居然见万里山川之势;
片言只语内又宛尔见千古圣贤之心。

风来疏竹,风过而竹不留声;
雁过寒潭,雁去而潭未存影。

面上扫开千层甲,眉目才无可憎;
胸中涤去数斗尘,语言方觉有味。

望重缙绅,岂似寒微之颂德;
明来海宇,何如骨肉之孚心。

倚高才而玩世,背后须防射影之虫;
饰厚貌以欺人,面前恐有照胆之镜。

市恩不如报德之为厚;
雪忿不如忍耻之为高。

苍蝇附骥,捷则捷矣,难辞后尘之羞;
萝茑依松,高则高矣,未免仰攀之耻。

荣与辱共蒂,厌辱无须求荣;
生与死同根,贪生何必畏死。

彩笔横空,笔不落色,而空亦不受染;
利刀割水,刀未损锷,而水亦未留痕。

琴书诗画,达士以之养性情,而庸夫徒赏其迹象;
山川云物,高人以之助学识,而俗子徒玩其光华。

糟糠不为凫肥,何事偏贪钩下饵?
锦绮岂因牺贵,谁人能解笼中囮。

黄鸟情多,常向梦中呼醉客;
白云意懒,偏来僻处媚幽人。

韩信以勇略震主被擒;
陆机以才名冠世见杀。

霍光败于权势逼君;
石崇死于财富敌国。

富贵是无情之物,你看得他重,他害你越大;
贫穷乃耐久之交,你处得他好,他益你反深。

福善不在杳冥,即在食息起居处牖其衷;
祸淫不在幽渺,而在动静语默间夺其魄。

处世让一步为高,退步即进步之张本;
待人宽一分为福,利人实利己的根基。

做人无甚高远的事业,摆脱得俗务便入名流;
为学无甚增益的工夫,减除得无累即臻圣域。

修德而留意于事功名誉,必无实诣;
读书而寄兴于吟咏风雅,定不深心。

人人有个大慈悲,维摩、屠刽无二心也;
处处有种真趣味,金屋、茅檐非两地也。

进德修业要木石的念头,若有一欣羡便趋欲境;
济世经邦要云水的意思,若有一贪着即堕危机。

于人则不可轻为喜怒,轻喜怒则心腹肝胆皆为人所窥;
于物则不可重为爱憎,重爱憎则意气精神悉为物所拘[①]。

操存时要有真宰,无真宰则遇事便倒,何以植顶天立地之砥石?
应酬处要有圆机,无圆机则触物有碍,何以成旋转乾坤之经纶?

立业建功,事事要从实处着脚,若稍慕虚名便成伪果;
讲道修德,念念要从虚处立基,若稍计功效便落尘俗。

昨日之非不可留,留之则根在复萌,而小过转为大罪;
今日之是不可执,执之则渣滓未化,而理趣反成欲根。

身不宜忙,而忙于闲暇之时,亦可儆惕惰气;
心未可放,而放于收摄之后,始能鼓荡天机。

躯壳要看得破,破则万有皆空,而其心长虚,虚则义理来居;
性命要认得真,真则万事皆备,而其心长实,实则物欲不入。

家运有盛衰,久暂虽殊,消长循环如昼夜,乃彻上彻下道理;
人谋分巧拙,智愚各别,鬼神彰瘅最严明,即希圣希贤工夫。

---

① "拘",原作"物"。

庄敬非但日强也,凝神静气,觉分阴寸晷倍自舒长;
安肆不止日偷也,意纵神驰,虽累月经年亦形迅驶。

贪了世味的滋益,必招性分的损;
讨了人事的便宜,必吃天道的亏。

荆棘遍野而望收嘉禾者愚;
私念满胸而欲求福应者悖。

谈人之善,泽于膏沐;
暴人之恶,痛于戈矛。

实处着脚;
稳处下手。

受连城而代死,贪者不为,然死利者何须连城?
挟倾国以告姐,淫者不敢,然好色者不必倾国。

圣人悲时悯俗,贤人痛世嫉俗;
众人混世逐俗,小人败常乱俗。

腊去东方朔日暖;
春来柳下惠风和。

读书为身上之用,而人以为纸上之用;
做官乃造福之地,而人以为享福之地。

壮年正勤学之日,而人以为养安之日;
科第本消退之根,而人以为长进之根。

下手处是自强不息；
成就时即至诚无伪。

无根本的气节如酒汉殴人，醉时勇，醒来退消无分毫气力；
无学问的识见似庖人炀灶，面前明，背后左右无一些照顾。

闲暇出于精勤，恬适出于祗惧；
无思出于能虑，大胆出于小心。

施在我有余之惠，则可以广德；
留于人不尽之情，则可以全交。

工于论列者察己常阔疏；
狃于评直者发言多弊病。

心术不可得罪于天地；
言行要留好样与儿孙。

入观庭户知勤惰，一出茶汤便见妻。
父老奔驰无孝子，要知贤母看儿衣。

无正经人交接，其人必是奸邪；
无穷亲友往来，其家定然势利。

楼下不宜供神，虑楼上之秽亵；
屋后必须开户，防屋前之火灾。

针芒刺手，茨棘伤足，举体痛楚，形惨百倍于此，可以喜怒施之乎？
虎豹在前，坑阱在后，百般呼号，狱犴何异于此，可使无辜坐之乎？

官肯着意一分,民受十分之惠;
上肯吃苦半点,人沾万点之恩。

儿孙心上影;
天道暗中灯。

情有可通,莫如旧有者过裁抑以生寡恩之怨;
事在得己,莫如旧无者妄增设以开多事之门。

勿谓一念可欺也,须知有天地鬼神之鉴察;
勿谓一言可轻也,须知有前后左右之窃听;
勿谓一事可忽也,须知有身家性命之关系;
勿谓一时可逞也,须知有子孙祸福之报应。

茹素非圣人教也;
好生则上天意乎?

仁厚、刻薄是修短关;
谦益、盈满是祸福关;
勤俭、奢惰是贫富关;
保养、纵欲是人鬼关。

塑像栖神,盍归奉亲?
造院居僧,何往救贫?

好恶之良萌于夜气,息之于静也;
恻隐之心发于乍见,感之于动也。

不可不存时时可死之心；
不可不行步步求生之事。①

拨开世上尘氛,胸中自无火炎冰兢；
消却心头鄙吝,眼前时有风来月到。

唐、虞揖让三杯酒；
汤、武征诛一局棋。

贫贱骄人,虽则虚假,还有几分侠气；
英雄欺世,纵似挥霍,全无半点真情。

青山只会明今古；
绿水何曾洗是非。

一场闲富贵狠狠争来,虽得还是失；
百岁好光阴忙忙过去,纵寿亦为夭。

饮酒莫教成酕醄；
看花无至甚离披。

鸟惊心,花溅泪,具此热心肠,如何领取得冷风月？
山写照,水传神,识吾真面目,方可摆脱得幻乾坤。

蓬茅下诵诗读书,日日与圣贤晤语,谁云贫是病？
樽罍边幕天席地,时时共造化氤氲,孰谓醉非禅？

---

① 此条下面,原文尚有清代道光年间湖南某乡试考生写的一首七言律诗:"千里来观上国光,卷中旋被火油伤。半生只为淫三妇,七试谁怜贴五场。信是红颜为鬼蜮,悔从黑夜结鸳鸯。而今谨告青云士,休认残花艳且香。"

兴来醉倒落花前①,天地即为衾枕;
机息坐忘磐石上,古今尽属蜉蝣。

红烛烧残,万念自然灰冷;
黄粱梦破,一生总似浮云。

花开花谢春如许,得意时休对人言;
水暖水寒鱼自知,会心处还期独赏。

千载奇逢无如好书良友;
一生厚福只在茗碗炉烟。

高车嫌地僻,不如鱼鸟解亲人;
驷马喜门高,怎似莺花能避俗。

世事如棋局,不着的才是高手;
人生似瓦盆,打破了方见真空。

满室清风满几月,坐中物物见天心;
一溪流水一山云,行处时时观妙道。

鹊占一枝,反笑鹏心奢侈;
兔营三窟,转嗤鹤垒高危。

色欲火炽,而念及病时便兴似寒灰;
名利甘饴,而想到死地便味同嚼蜡。

---

① "倒",原作"到"。

青天霁月倏为震电迅雷；
朗日晴空忽闻疾风怒雨。

芦花被下卧雪眠云，保全得一窗夜气；
竹叶杯中吟风弄月，脱离了万丈红尘。

一虫一蚁断不忍伤残；
半丝半缕亦无容贪冒。

狐眠败砌，兔走荒台，尽是当年歌舞之地；
露冷黄花，烟迷白草，悉属旧日争战之场。

对人处觉面目可憎；
独居时则形影自愧。

真空不空，执相非真，破相亦非真，问世尊如何发付？
在世出世，殉欲是苦，绝欲也是苦，听吾侪益自修持。

烈士让千乘，贪夫争一文，人品径庭也，而好名无殊好利；
天子营国家，乞人号饔飧，分位霄壤也，而焦思何异焦声？

绳锯木断，水滴石穿，学道者须要努力；
水到渠成，瓜熟蒂落，得道者一任天机。

哲士多匿彩以韬光；
至人常逊美而公善。

从五更枕席上参勘心体，气未动，情未萌，才见本来面目；
向三时饮食中谙练世味，浓不欣，淡不厌，方为切实工夫。

得意处论地谈天,俱是水底捞月;
拂心时吞冰咬雪,才为火内生莲。

一念常惺才避去神弓鬼矢;
纤尘不染方解开地网天罗。

工夫自难处做去,如逆风鼓棹,总是一段真精神;
学问从苦中得来,似披沙拣金,才为一个正消息。

优人傅粉调朱①,效妍丑于毫端,倏然歌残舞罢,妍丑何存?
奕者争先竞后,较雌雄于着手,俄而局尽子收,雌雄安在?

性天澄澈,即饥餐渴饮,无非康济身心;
心地沉迷,纵谈禅演偈,总是播弄精神。

能休尘境为真境;
未了僧家是俗家。

时当喧杂,则平时所记忆者皆茫然而去;
境属清净,即夙昔所遗忘者又恍尔在前。

矜名未若逃名趣;
练事何如省事闲。

石火光中争长竞短,几何光阴?
蜗牛角内较雌论雄,许大世界。

愚夫徒急走高飞,平地反为苦海;
达士知处险敛翼,巉岩亦是坦途。

---

① "朱",原作"珠"。

两个空拳握古今,握住了还当放手;
一条竹杖挑风月,挑到时也要息肩。

谢豹覆面犹知自愧;
唐鼠易肠亦要自悔。

阶前几点飞翠落红,收入来无非诗料;
窗外一片浮青映白,悟到处尽是禅机。

忽睹天际彩云,常疑好事皆虚事;
再观山中古木,方信闲人是福人。

鱼网之设,鸿则罹其中;
螳螂之贪,雀又乘其后。

肝胆煦若春风,虽囊乏一文还怜茕独;
气骨清如秋水,纵家徒四壁终傲王侯。

隐逸杯中无荣辱;
道义路上泯炎凉。

秋虫春鸟共畅天机,何必浪生悲喜;
老树新花同含生意,胡为妄别妍媸。

荣宠旁边辱等待,不必扬扬;
贫穷背后福跟随,何须戚戚。

花逞春光,一番风,一番雨,催归尘土;
竹坚雅操,几朝雪,几朝霜,傲就琅玕。

反己者触物皆成药石；
尤人者动念尽是戈矛①。

车争险道，马骋先鞭，到败后未免噬脐；
金夸过斗，粟喜堆山，临行时还是空手。

藜口苋肠多冰清玉洁；
锦衣玉食甘婢膝奴颜。

多栽桃李少栽荆，便是开条福路；
不积诗书偏积玉，还算筑了祸根。

昼闲人寂，听数声鸟语悠扬，不觉耳根尽彻；
夜静天高，看一片云光舒卷，顿令眼界俱空。

昂藏老鹤虽饥而饮啄犹闲，肯似鸡鹜之营营而逐食？
偃蹇寒松纵老而丰标自在，岂效桃李之灼灼而争妍。

鹬蚌相持，兔犬共毙，冷觑来令人猛气全消；
鸥凫共浴，鹿豕同眠，闲观去使我机心顿息。

霜天闻鹤唳，雪夜听鸡鸣，得乾坤清淑之气；
晴空看鸟飞，活水观鱼戏，识宇宙活泼之机。

东海水曾闻无定波，世事何须扼腕？
北邙山未省留闲地，人生且自舒眉。

---

① "矛"，原作"予"。

出此入彼，念虑只差毫厘；
超凡入圣，人品直判天渊。

闲烹山茗听瓶声，炉内识阴阳之理；
漫履楸枰观局戏，手中悟生杀之机。

白日欺人，难免清夜愧赧；
红颜失志，空贻皓首伤悲。

芳菲园囿看蜂忙，觑破几般尘情世态；
寂寞衡茅观燕寝，引起一腔冷气幽思。

疾风怒雨禽鸟戚戚；
霁月光天草木欣欣。

逸态闲情惟期自尚，何事外修边幅？
清标傲骨不顾人怜，无劳多买胭脂。

异宝奇珍俱是必争之器；
瑰节奇行多冒不祥之名。

大恶多从柔处伏，须防绵里之针；
深仇常自爱中来，宜防刀头之蜜。

面谀之词，有识者未必悦心；
背后之议，受憾者常至刻骨。

喜时说尽知心，到失欢须防发泄；
恼后吐出伤情，恐再好自觉羞惭。

不近人情,举足尽是危机;
莫体物理,一生俱成梦境。

处富贵之时要知贫贱的痛痒;
值少壮之日须念衰老的心酸。

入安乐之场当体患难人景况;
居旁观之地务悉局内人苦心。

闻君子议论如啜苦茗,森严之后甘芳溢颊;
见小人谄笑若嚼糖霜,爽美之中寒冱凝胸。

官舍常如僧舍静;
吏人浑似野人闲。

居处必先精勤,乃能闲暇;
凡事务求停妥,然后逍遥。

富儿因求宦倾赀;
污吏以黩货失职。

婚姻几曾斗奢华,金屋银屏众口夸。
转眼十年人事变,妆奁卖与别人家。

世人尽知穴在山,岂知穴在方寸间。
好山好水世不乏,苟非其人寻不见。
我见富贵人家坟,往往葬时皆贫贱。
迨至富贵力可求,人世尽时天理变。

闺门之内不出戏言,则刑于之化行;
房幄之中莫闻嬉笑,则相敬之风著。

造物所忌曰刻曰巧;
万类相感以诚以忠。

若要文章惊世眼;
全凭阴骘合天心。

无求胜在三公上;
知足常如万斛余。

一派青山景色幽,前人田地后人收。
后人收得休欢喜,还有收人在后头。

世网岂能跳出,但当忍性耐心,自安义命,即网罗中之安乐窝;
尘务哪得尽捐,惟不起炉作灶,自取纠缠,即火坑内之清凉散。

平民肯种德施惠,便是无位的卿相;
士夫徒贪权希宠,竟成有爵的乞儿。

事事培元气,此人必寿;
念念存本心,其后必昌。

谋馆如鼠,得馆如虎,鄙主人而薄子弟者,塾师之无耻也;
卖药如仙,用药如颠,贼人命而逭天数者,医师之无耻也;
觅地如瞽,谈地如舞,矜异传而谤同道者,地师之无耻也。

早知泡影须臾事;
悔把恩仇抵死分。

供人欣赏,修风月于烟花,是曰亵天;
逗我机锋,借诗书以戏谑,是名侮圣。

鱼吞饵,蛾扑灯,未得而先丧其身;
猩醉醴,蚊饱血,已得而随亡其躯;
鹬食蚌,蜂酿蜜,虽得而不享其利。

此身不向今生度;
更向何生度此身?

怒宜实力消融;
过要细心检点。

门内罕闻嬉笑怒骂,其家范可知;
座右遍书名论格言,其志趣可想。

不自反者看不出一身病痛;
不耐烦者做不成一件事业。

欲心正炽时,一念着病,兴似履冰;
利心至贪处,一想到死,味同嚼蜡①。

强不知以为知,此乃大愚;
本无事而生事,是谓薄福。

阿谀取容,男子耻为妾妇之道;
本真不斫,大人不失赤子之心。

---

① "味同嚼蜡",原作"味嚼同蜡"。

论人当节取所长,曲谅其短;
做事必先审所害,后计其利。

居官先厚民风;
处事要求大体。

惟有主则天地万物自我而立;
必无私斯上下四旁咸得其平。

凡一事而关人终身,纵确见实闻,不可着口;
即片语而伤我长厚,虽闲谈酒谑,慎勿形言。

知多世事胸襟阔;
识尽人情眼界宽。

严着此心以拒外诱,须如一团烈火,遇物即烧;
宽着这肚而待同群,浑似一片春阳,无人不暖。

勤能补拙;
学足愈愚。

观世间极恶事,则一眚一愿尽可优容;
念古来最冤人,即多毁多辱何须计较。

大智兴邦,不过集众思;
专愚误国,只为好自用。

能媚我者即能害我,宜加意防之;
肯规予者必肯助予,且倾心听之。

落落者难合,一合便不可离;
欣欣者易亲,乍亲忽然成怨。

攻人之恶毋太严,要思其堪受;
教人以善莫过高,当使其可从。

催科不扰,催科中抚字;
刑罚不差,刑罚里教化。

官不必尊显,期于无负君亲;
道岂贵博施,要在有裨民物。

终日说好言,不如做了一件;
终身行善事,须防错了半步。

半点慈爱不但是积德种子,亦是积福根苗,试看哪有不慈爱的圣贤;
一念容忍不但是无量德器,亦是无量福田,试看哪有不容忍的君子。

入瑶树琼林中皆宝;
有谦德仁心者为祥。

作德日休是谓福地;
居易俟命乃为洞天。

贫贱忧戚是我分内事,当动心忍性静以俟之,更行一切善以斡转之;
富贵福泽是人身外缘,当保泰持盈慎以守之,再造许多福以凝承之。

潜居尽可以为善，何必显宦？躬行孝弟，志在圣贤，纂辑先哲格言，刊刻广布，行见化行一时，泽流后世，事业之不朽蔑以加高；

贫贱亦可以积福，何必富贵？存平等心，行方便事，效法前人懿行，训俗型方，自然谊敦宗族，德被乡邻，利济之无穷孰大于是？

以积货财之心积学问；
以求功名之心求道德。

以爱妻子之心爱父母；
以保爵位之心保国家。

以鲜花视美色则孽障自消；
以流水听弦歌则性灵何害？

富贵家不肯从宽，必遭横祸；
聪明人不肯学厚，定夭天年①。

暗里算人者算的是自家儿孙；
空中造谤者造的是本身罪孽。

炎凉之态，富贵甚于贫贱；
嫉妒之心，骨肉甚于外人。

膏粱积于家而剥削人之糠籺，终必自亡其膏粱；
文绣光于室而攘取人之敝裳，终必自丧其文绣。

劝君莫借风流债，借得快时还得快。
家中自有代还人，你要赖时他不赖。

———

① "夭"，原作"妖"。

附编一[①]

叹世情总是空,为名利走西东。
妻恩子爱成何用,地府阴曹不相逢。
早知道假体有坏,拜明师跳出凡笼。

尘世纷纷一笔勾,林泉深处任遨游。
人间富贵花间露,世上功名水上沤。
与其十事九如梦,不如三杯两满休。
我今看破循环理,笑倚栏杆暗点头。

新命宣传墨未干,栉风沐雨上长安。
低头懒进三公府,跣足羞登万善坛。
闻戒固多持戒少,承恩容易报恩难。
何如及早回头看,松柏青青耐岁寒。

红尘白浪两茫茫,忍气和柔是妙方。
休将自己心田坏,莫把他人过失扬。
从来硬弩弦先断,每见钢刀刃易伤。
是非不必分人我,彼此何须论短长。
吃些亏处原无害,让几分时也无妨。
春日才逢杨柳绿,秋风又见菊花黄。
荣华总是三更梦,富贵正同九月霜。
老病生死谁替得,酸甜苦辣自承当。
人徒巧计夸伶俐,天自从来作主张。
谄屈贪嗔真地狱,公平正直即天堂。

[①] 以下四条与前文相隔一叶空白。

獐因脐美身先丧,蚕为丝多命早亡。
世界自来称缺陷,幻身到底总无伤。

附编二①

人有才能,不如有学术;
有功业,不如有器量;
有文章,不如有道德。

觉人之诈不发于言,受人之侮不形于色,此中有无穷意味,无穷享用。

认天地以为家,休嫌室小;
与圣贤而共话②,即是朋来③。

天下有读不尽书,难言学问;
心上无过不去事,便是圣贤④。

妇人无才便是德;
男人有德便是才。

书有三昧,无味之味无穷。

---

① 以下六条转录自平井雅尾《聊斋研究》。
② "贤",原作"矣"。
③ "朋",原作"明"。
④ "贤",原作"矣"。

是否蒲松龄著述

——庆应大学所藏十五种抄本真伪考议

引　　言

　　早就听说日本庆应大学（以下简称"庆大"）收藏大批蒲松龄著述的手抄本，那是20世纪30年代一位名叫平井雅尾的日本医生趁在淄川任职行医之便多方收集的。其中一部分不仅未曾刊刻行世，且在国内已经失传。抱憾之余，只有望洋兴叹而已。后来看到前野直彬先生在《蒲松龄传》中征引的《新婚晏曲》等资料，又看到新加坡大学的辜美高先生所著《聊斋志异与蒲松龄》一书对庆大所藏二十余种被其视为蒲著抄本的考察、介绍，并承庆大中文研究室八木章好先生寄赠藤田祐贤先生与他合编的"蒲松龄手抄"之《蒲氏族谱　聊斋草》影印本和《庆应义塾所藏聊斋关系资料目录》，才对这批抄本有了一些具体了解。1992年10月，我乘在九州大学任教之便，两次造访庆应义塾，虽很仓促，但在八木、金文京两先生和九州大学竹村则行先生的大力支持、协助下，还是翻阅了"关系资料目录"中的许多抄本，并拣笔者和国内学人最关切者复制以下十六种：

《省身语录》

《聊斋编处世格言百全》

《怀刑录》

《历字文》

《历日文》

《家政内编》

《家政广编》

《婚嫁全书》

《作文管见·醉吟翁传》

《聊斋随笔录》

《聊斋赋集》

《倡和集》

《聊斋小曲》

《聊斋劝世文》

《琴瑟乐曲》（张笃庆评定）

《琴瑟乐曲》（抄天山阁藏抄本）。

前八种与《作文管见》是杂著，后七种与《醉吟翁传》是文艺作品。最后一种已由藤田先生携来中国，经刘宣先生整理刊于1989年6月出版的《蒲松龄研究》（后被黄霖先生发文证明其与蒲松龄纪念馆所藏的此书另一版本《闺艳琴声》同为伪作）。此外十五种都是国内无存本的。下面就笔者的考察谈谈这些抄本的真伪问题。

《省身语录》

蒲氏碑阴著录杂著五种，第一种就是《省身语录》。这部本应直接显示蒲松龄思想和处世哲学的书久已失传，《蒲松龄集》只存它的一篇序文，研究者因而特别关切。庆大所藏系平井氏得自王丰之所抄，其纸尚新，高28厘米，宽16厘米，六卷六册。除第六册22页（每页正反两面，同叶，下同），其余五册都在40页以上，多者达60多页。半页13行，行24字。但这并非全本，根据目录，全书八卷四十四目，实只抄存六卷三十六目。目录下题"淄川蒲松龄字剑臣先生遗著""光绪八年淄邑后学毕元卿谨订""淄邑举人邵迎春谨抄"（庆大本所据旧本抄者）。正文首页下署"同邑后学孙济奎详解注释"。其注确很详尽。除第六卷无注，前五卷注文几近正文的四倍。

展读这个抄本，希望很快就变成失望，因为其内容全然不是省身的格言和警语，而是名词典故的解说和各种知识的汇述。其目不仅有"文事""科第""朝廷""祖孙""父子"，还有"饮食""器用""珍宝""鸟兽"

"时岁""技艺""花木"之类。便是"祖孙""父子"主要也不是讲解伦常，劝行孝道，而是解说何谓"五伦"，何谓"九族"："始祖曰为鼻祖"，"远孙曰耳孙"；"盖父愆名为干蛊"，"育义子乃曰螟蛉"……诸如此类，不一而足。至于第六卷"蔬菜""瓜果"，与前五卷又有不同，分别介绍各种菜果的特点和栽培方法。此中内容恰合卷首序中所说"凡我国之文章古典、帝王历代之制、农工之耕作、官阶之品级、医术之捷要，莫不记而存之"；而与《聊斋文集》所存《省身语录序》中说的"敬书格言，用以省身，用以示后"，可以说是不相干的。如此文不对题，肯定不是蒲氏碑阴著录的《省身语录》，而是冒充蒲氏著述的赝品。蒲松龄的《省身语录序》作于康熙甲子（二十三年，1684），而伪语录序署"康熙三十一年壬申，看来作伪者连蒲氏的原序也没见过，只给序文换个题目。

平井氏也发现了此稿之假，谓其"内容甚浩瀚，尚未能确证为真稿"而"中止抄写"①。但他还是用心搜求，却始终未得到"真稿""定稿"，而据他说曾得到一些"断片的文词"，并将其中"四条"记入他撰著的《聊斋研究》，转录如下，供研究者参考：

> 人有才能，不如有学问；有功业，不如有器量；有文章，不如有道德。
>
> 觉人之诈，不发于言；受人之侮，不形于色。此中有无穷意味，无穷享用。
>
> 认天地以为家，休嫌室小；与圣贤而共话，即是朋来。天下有读不尽书，难言学问；心上无过不去事，便是圣贤。
>
> 妇人无才便是德，男人有德便是才。书有三味，无味之味无穷。

虽列四条，实为六条。平井氏没有说明其来源，但确是处世修身的语录。

---

① ［日］平井雅尾：《聊斋研究》，朝鲜釜山1940年以"非卖品"出版，第32页。

《聊斋编处世格言百全》

此抄本高19厘米,宽13厘米,全一册。正文与扉页书题以毛笔书写,封面题签却用钢笔。题下记三行两句小字:"附文四章","蒲英宣旧藏抄本"。此题签显然是平井或别人加贴的。扉页背面以钢笔"注记"云:"此本传出蒲英宣家,别有平井雅尾重抄本一册。"全书34页,半页10行,行约25字(多少不一)。格言占23页,每条两句一联,计354条(其中包括重出者7条,诗与韵语6首)。其后附文实只三篇:陈琳《河北袁绍奉血带诏讨奸相曹操檄文》、孙东泉《刘逆据淄城作乱记》及《僧王灭贼破城记》。文前又有诗与韵语四首,前与格言正文隔一空页,后与附文不隔页,大约被题签者合算一文,故有"附文四章"之语。但这四首并未署作者之名,内容且均关乎处世,与正文中杂入的诗和韵语性质相同,很像是《格言》正文的一种补缀。

平井氏《聊斋研究》于此抄本有如下解说:

> 右为蒲氏直系蒲英宣家之旧抄。由英宣氏割爱而得,其格言联词皆聊斋之所作,有数百种。(第53页)

蒲英宣是蒲松龄第九世孙。由他传出的这个抄本多处被水浸渍,而未着水处其纸尚好,略微发黄。虽系旧抄,时间却不会太早。其中所附孙东泉文,注明"同治二年",其抄自然在后,而文中不避"载"字,则其抄又当在同治、光绪之后。值得注意的是,抄者是讲究避讳的。"宣""宜""富"均缺首笔,其余有"宀"的字(如"穷""字""实""容""定""空""宽""官""家"等)均不缺笔。这应是避父及长辈之讳。若然,则是蒲英宣的子侄辈约于民国之初抄写的。其纸的黄旧程度与王丰之为平井抄写的伪《省身语录》纸料之新截然不同。

这个传自蒲家的"格言百全",是否出自蒲松龄之手?一个有力的内证是它对清朝皇帝的避讳。抄本中出现的有关清帝名讳的字有"福""临(臨)""炫""弦""宏""历(曆)""奕""载"等八个,只有两个作为声符的"玄"缺末笔作"玄",其余皆全笔不避。清代惟独入关不久的顺治年间不避帝讳,后应皆避。此格言独避玄烨讳,说明原件产生于康熙年间,民初的抄者是严格按照原文抄录的。这与蒲松龄生活、写作的时代恰好相合。

纵观《格言百全》内容,乃是处世修身的语录。这使我们想到蒲氏那部至今尚未发现的《省身语录》。从题目、序言和平井氏记入的几条来看,那无疑也是修身之书,也是一条条的处世的格言、语录。而且也多取联对形式。蒲松龄怎么会编写内容、形式如此相同的两部书呢?两者或是同一部书——同书异名。大约由于年深日久,《语录》稿本的前面一部分篇页残破、散佚,蒲氏后人抄录时已不知其原来的书名——"省身语录",便据内容题作《聊斋编处世格言百全》。"聊斋编"三字就是后人所加的钤记。蒲氏各种著述的题目没有冠以此三字的。又者,此本无序,首页也无题署,这也是此稿前面缺页之证。我们知道,今被学者们考定为《家政外编》《家政内编》之残稿者,原是蒲氏十世族孙蒲文珊谓即《农桑经》残稿捐出来的。《农桑经》这一书题就是蒲文珊根据残稿内容猜度所拟。《格言百全》亦或属于这种情况。

仔细比较《格言》与平井氏转录的《语录》条目,两者也有些形式差异。六条语录中有三条联对,一条排句,一条散句。还有一条联散参半。《格言百全》数百条,除少量诗与韵语,四条排句以外,全是联对,无一散句。不过,这种联对远不像对联那样严格,只求上下两句字数相等、相对词语性类相同或功能相近,至于平仄就不太讲究,有的只求末字谐,甚或末字也同用平声字或仄声字,同字相对更不避忌,大量存在。这里需要指出的是,《格言》中有些条目连相对词语的词性、功能也不相同或相近,如以"无辜"对"喜怒",以"背后左右"对"醒来退消",甚至以"存平等心,行方便事"对"躬行孝弟,志在圣贤",以"见弓影而惊杯内之蛇"对"逐兽而不见泰山在前"。这与平井氏所录《语录》杂有散句在创作原则上又是相通和一致的。此外还有一种可能:那条散句在全页之末,对句或在已佚的另页。这样看来,六条《语录》佚文与《格言》仍可以是同一书中的一部分。前者或即后者前面所佚之断片。这不只是推断,还有可证的字形:《格言》中十多个"贤"字全写作"吴"或

"夨",《语录》六条,"贤"字两出,均误作"矣"。原来,"贤"字的一种草体,字形与"夨""夨""矣"很相似。平井氏错认作"矣",便把"圣贤"写作"圣矣",《格言》中的"夨"或"夨"不是草书,而是规矩的楷书或行书,不是"贤",也不成字,看来抄者未认出原稿中草写的"贤"字,便照猫画虎写成"夨"或"夨"。这说明平井氏所录的《语录》片断与《格言百全》所据原稿中的"贤"字是字形相同很难辨认的草书。这应不是偶然巧合,很可能是由于出自一人抄录的同一稿本。

对这个传自蒲家的旧抄本,我原以为是蒲松龄所作,即《省身语录》。后来从晚明的清言小品《菜根谭》《醉古堂剑扫》《昨非庵日纂》及清人所编《座右铭类编》《格言联璧》等书中发现,《百全》的绝大部分条目与之重复,这才重新审视《〈省身语录〉序》中如下的话:

> 余先人盛德之名,闻于乡党……余半生落魄,碌碌无所短长,自念遗行或多,故不足以发世德之祥,敬书格言,用于自省,用于示后。①

可以想见,写作此序在"康熙甲子",蒲松龄已到毕家坐馆五年之久,在得读毕家大量藏书中接触到当时早已出版的格言、语录,乃"敬"而"书"之,编录此书。原来它并非柳泉自撰,故与其前其后编纂的同类之书大量重复。晚明是清言小品的全盛期,联对语录撰著甚夥,仅陆绍珩《醉古堂剑扫》一书,"明天启间刻本"十二卷就"约收录1600条古今格言"②。至清,编录之风蔚起,种种用途,种种分类,抄本刻本,辗转相因,至金缨《格言联璧》将"先哲格言""编为十类",辑作十册,《格言百全》与之相重者达二百余条。而从《菜根谭》到《格言联璧》,似都不是《格言百全》所据之书。《百全》三百几十条,并不分类。抄录某书,一般应依原书次序,被抄录的条目不仅会相对集中,也会呈现有序状态,不会忽前忽后,忽此类忽彼类。《百全》与相重最多的晚出之《格

---

① 〔清〕蒲松龄:《蒲松龄集》,路大荒整理,上海古籍出版社,1986年新1版,第60—61页。
② 〔日〕合山究选编:《明清文人清言集》,陈西中、张明高注释,北京:中国广播电视出版社,1991年版,第37页。

言联璧》、分类《菜根谭》却多是这样。两者的条目在《百全》中虽各自比较集中（从这方面看，颇像《百全》的蓝本），次序却颇纷乱杂陈，以至许多前后颠倒。加之《百全》独避玄烨之讳，使我觉得它虽非蒲氏所作，却似蒲氏所录，与两书之大量重复，应是同录晚明或清初的版本所致。遂于《蒲松龄研究》2000年第3—4期合刊另发《是否蒲松龄所录作——庆应大学聊斋文库藏抄本考辨订补》一文，改正前文蒲作之论。

金实秋先生随后也查到晚明及清代与《格言百全》大批相重的语录小品诸书，写成《〈省身语录〉考辨》，发表于2001年3月出版的《聊斋学研究论文集》。文中将《百全》逐条与诸书相重条目对照，除去少许"待考"者均注明出处，部分还注明出自可能的多种著述，认为"三分之一以上出自明人的著述……决非蒲松龄所作"，"二百余则见之清人著述"，亦"非蒲氏所撰"。由于笔者已发文纠正在前，故未予以特别关注。此次编《自选集》，再次审视《百全》与分类《菜根谭》《格言联璧》的关系，并反复细读金先生文。始觉《百全》与后出之书如此大量相重，似非同抄古书所致那么简单，或有后人抄录晚出之书充"聊斋编"者。于是从多种角度对条目再作探究与思考。令人瞩目的首先是《百全》前七条，除同于《格言联璧》前两条大字正文，还同于其下小字注释所引六条古联中的五条。从而显出其抄录《联璧》的可信之证。既有此证，其大量抄录《联璧》就无可疑。至于抄录顺序的错综，或另有原因。《联璧》最早梓于咸丰元年，抄录者当在其后。抄录分类《菜根谭》及晚出他书也应是一人所为。笔者后又发现《百全》中一首待考七律的出处：

> 道光乙未科湖南乡试，某生写七律一首于卷上："千里来观上国光，卷中潜被火焚伤。半生只为淫三女，七届谁怜贴五场。始信红颜为鬼蜮，悔从黑地结鸳鸯。而今敢告青云士，休道残花艳且香。"闻此生在闱得狂疾，寻卒。

这是清许奉恩《里乘》卷二《乡场显报》所记①。某生七律与《百全》

---

① 清光绪七年（1881）抱芳阁刻兰苕馆外史本。

中那首只差几字("女"作"妇","届"作"试"之类)。《百全》抄录道光间诗作,抄者自是后人,非蒲松龄。

《百全》出自蒲家,抄录晚出之书的最大可能是蒲氏后人。不过,平井氏得到的乃是"旧抄",抄录者并非应付平井,应是赏其内容与文字抄录其文。或一遍选过,又选二遍,以至多遍,故乱了次序?我还曾论证过清帝中独避玄烨之讳,也是为了制造"聊斋编"的假象,因为两个有缺笔的"玄"字,均出自《格言联璧》①。其实,这只是可能,并非必然。《联璧》大都抄自前人语录,不能完全排除与《百全》同抄明末清初之语录者。最近再查古籍,发现其第二条在明代书中就有类似的条目。万历三十七年(1609)刻本郭良翰辑《问奇类林》征引更早的朱应奎《翼学编》云:"人能以明霞视美色则业障自轻,人能以流水听弦歌则性灵何害?"这大约就是《联璧》与《格言》上述相同条目的源头,经过明末清初清言小品的发展、演化,有可能成为与两书抄录相同的文字。由于年代久远,许多古书散佚,加之限于笔者眼界,另一条目迄今尚未发现早期类同者,但也不能完全排除其由早期条目发展、衍化而来的可能性。因此,也就不能仅由此两条对《格言》避康熙之讳作出断然否定的结论。何况还有附文第三条,《百全》抄自明后期憨山老人释德清的《醒世歌》。

如此看来,《格言百全》与《省身语录》之间呈现比较复杂的关系。前者既有大量抄录《格言联璧》和其他晚出之书的情况,也存在相当数量来自洪应明的明本《菜根谭》(两种,均为上下两集,计344条和351条;晚出的分类《菜根谭》,条目应与早期版本条目大同小异,需仔细辨别),以及陈继儒、徐学模、李鼎、吕坤、罗洪先、吴从先、郑瑄、陆绍珩、释德清等人的多种明代清言小品或诗歌,还有更早的《名贤集》。即使抄录《联璧》的语录,也有《百全》与《联璧》同抄早期语录(如吕坤《呻吟语》等)的某些条目。当然,这些明代和清早期语录,蒲氏后人也可能抄录,使抄本全部都是赝品。但其抄录的环境已非蒲松龄当初坐馆拥

---

① 《格言百全》正文避玄烨讳的两条依次是"丈夫之高华只在于功名气节;鄙夫之炫耀,但求诸服饰起居。""以鲜花视美色则孽障自消;以流水听炫歌则性灵何害?"另有一句出自附文:"从来硬弩弦先断……"

有万卷楼藏书的毕家。蒲家虽也是书香继世,拥有或凑足这样多的同类之书却远非易事,所以不能排除《百全》中那些早于蒲松龄的前人语录之某些部分曾被柳泉先生编作《省身语录》的可能性。若然,蒲英宣给平井提供的大部分语录虽多赝品,其中却可能存有蒲松龄编录的《省身语录》残本,不容忽视。

金先生还从1944年出版的《格言集》"立德"类中查到一条署为"蒲留仙"的格言:"出薄言,做薄事,存薄心,种种皆薄,难免灾祸及身;积阴私,设阴谋,伤阴骘,事事皆阴,自然殃及后代。"此条源出宋代陈抟的《心相编》,文字大同而小异。衍化至此,全同《百全》及《格言联璧·悖凶类》中的一条(两者'殃及'作'殃流',余皆同)。《格言百全》未曾流播,《省身语录》也从未出版,编者刘筱安却不从近二百年广为流传的《格言联璧》,而署"蒲留仙",何从知之?惟一的可能,就是《省身语录》当初以抄本流传时,有人引录了该条,后被辗转相因,直至《格言集》中。它虽是金先生所说的"孤证",却恰好说明,《格言百全》中很可能存有《省身语录》的某些条目。

《怀刑录》

此抄本高24厘米,宽16厘米,全一册,36页,半页10行,行40字左右。其文以钢笔抄写,封面亦用钢笔题字"怀刑录"。扉页用毛笔题写"蒲松龄遗稿怀刑录",下注一行小字"抄栖云阁藏抄本";第二扉页题"民国二十五年六月 日"。次为《怀刑录序》,其文与《蒲松龄集》所存尽同(错六字,漏一字)。正文题下署三行小字:"在淄川县城里原抄""依命平井院长写之""芝王兰竹",未注卷次。13页半正文之后,以所空半页题"民国 年 月 日"五字,其后又空半页,再后题"蒲松龄遗稿怀刑录",题下注明"卷下",下署三行小字,首行为"王宅家所传元抄",后两行同前。卷下正文16页。

《怀刑录》也是蒲氏碑阴著录之书,平井氏《聊斋研究》故纳于"考证的确者"。且有如下记述:

《怀刑录》之抄本曾得一册，但其出处则不正确。故未能满足笔者之收集欲。日前有淄川城内高元继者，带同女儿来院看病，谈及聊斋遗稿之事。高君言："高家称为栖云阁，顺治进士高念东之宗家也……"该家保存有若干聊斋遗稿，后因兵乱散失殆尽，幸而《怀刑录》之旧抄尚有残存者，笔者已要求借阅与誊写矣。

"顺治"系"崇祯"之误记。高念东即首为《聊斋志异》作序的高珩。栖云阁是高氏藏书与读书之所。看了这段记述，抄本中前无"卷上"而后有"卷下"的怪事也就可以理解了。其实还有更可怪者，即分卷之处极不恰当。前卷末条谈县令办案向上司投信"密秉"须防衙役"揣摩偷阅"，下卷第一条就是："订封之后，只用竹纸和薄绵纸打结，实粘，用印为妙；其用膏药者更可偷拆……"两卷紧相连接，不宜分开。于此分卷，便使上卷无尾，下卷无头，结与起十分突然。原来，高家栖云阁所藏是一残本，有头无尾，后又从王宅（可能就是平井曾在书中谈及的天山阁主人王敬铸之子王沧佩家）找到全本或后文而续抄之，为与前文稿本区别，题作"卷下"。

两本文字紧相承接，内容、格式完全一致，说明系据同一祖本；而分别传自与蒲氏交谊颇深的高家和大力搜集蒲文的王家，就使这个既见于碑志又冠以原序的《怀刑录》抄本显得富于真实性。然而仔细考察其文，结论适得其反。这首先是因为抄本的内容与原序所述龃龉难合。蒲松龄在序中先是慨叹乡里人不知法度，"往往而犯之"，继而说：

> 丘子行素集五服之礼并五服之律授余相质。余读而叹曰："充此意，使读礼者知爱，读律者知敬，其有裨于风化非浅矣。"余因即其本而错综之，随亲属别作部，使尊卑之分亲疏之义，愚夫妇一见可了；而又集日月所易犯者，增之为《怀刑录》。庶吾人知所措手足乎？总颜之曰"措素书"。

这段话说得很清楚。书的作者除了蒲松龄，还有他的好友丘行素；内容是以亲属关系分类的礼法知识，以及常人易犯的法规，主要对象是平民百姓,而不是官吏。抄本的状况则不然,它是五种书的全抄或节录,其书依次为《仕宜》《葵阳笔记》《治谱》《巡方约》和《筮仕要规》。从题名就可知道,全然不是礼法知识,而是明清官吏陆完学等写的"居官要诀"。《仕宜》分为"治衙役法""签押法""理讼法""承应上司法""治盗法""解粮法"等十五目,另四种不分细目,而内容大体也是这些方面。内容既然如此,对象自然是府尹、县令,不是平民百姓,其与蒲松龄、丘行素编著的《怀刑录》全无共同之点。署名蒲氏,冠以题、序,都是作伪者哄骗平井要的把戏。

不过,平井氏似乎也未深信。其《聊斋研究》于《历字文》目下记云:"闻清华大学有此抄本,并《怀刑录》一册。拟设法参照之。"平井的这一愿望大概未能实现,但他所闻的信息却不一定是子虚。清华大学图书馆确曾有过一部《聊斋遗集》,但今已不存。北京大学图书馆所藏《聊斋遗集》就是据清华本和马廉先生本抄录的。惜其只抄诗文,未录杂著。所幸存有《农桑经》《拟表》《拟判》《怀刑录》四种目录一册。前三种与《蒲松龄集》所载基本相同,说明确系蒲著之目。最后一种题作《聊斋怀刑录目录》,分目如下:

五服例

祖父母　　　　　　　　父母

伯父母　　　　　　　　兄弟

子、侄、孙　　　　　　姑姊妹

妻妾　　　　　　　　　外戚

丧礼略

五服刑律

十恶　　　　　　　　　折赎例

祖父母、父母、祖姑　　伯叔父母、姑

外祖父母　　　　　　　母舅、母姨

兄弟、姊妹　　　　　　表兄弟姊妹

岳父母　　　　　　　　凡尊属卑幼

女婢

此目录与《怀刑录序》中所说"随亲属别作部"若合符契。所据确是蒲著抄本,但未说明抄自清华本还是马本,抑或《遗集》以外的单行抄本。平井所闻的"一册",有可能就是上列目录之所自。

《历字文》

此抄本高 28 厘米,宽 16 厘米,半页 12 行,行 24 字;纸页大小、抄写规格以及字体都与《省身语录》抄本相同,也是出自王丰之之手。王丰之是天山阁主人王沧佩之侄,王家所藏蒲松龄著述多是由他抄给平井氏的。但《历字文》却非抄自天山阁藏本,而是"抄耿氏藏抄本"。耿氏即编刻聊斋诗文的耿世伟,淄川张店人,光绪间进士。王、耿两家是姻亲,王丰之因而得以抄给平井。

此本前有耿世伟光绪二十七年(1901)所写的《跋》:谓此稿"得之书肆,上下二册",下册"有序"。平井氏《聊斋研究》亦注明"上下二册",又记"前后二篇,数百页,颇为浩瀚"。而庆大所存只有一册,正文前题"历字文卷一册","淄川蒲松龄留仙著于聊斋书院"。便是这一册也不完整,其中"六十年花甲日年月表"于第四十八年八月中断,以下即缺。总共只有正文 76 页,大约只是全稿"数百页"的三分之一或四分之一。卷(册)二及卷一后半显然是在平井氏抄得之后又辗转散失了。现在看不到下册之序,只能看到耿氏跋文的如下转述:

> 细阅是书,下册之有"序",乃知先生在本境毕府设教有年,茶余酒后,于四库书中细心搜集,费尽数载心血,始汇纂成书,名"历字"耳。

未言序者为谁,似可理解为作者本人,上文所述也恰合蒲松龄的身世。耿跋字体与正文迥异,非王丰之所抄,或为耿氏后人抄写。耿氏为他编辑的聊斋诗文作"跋"是在光绪十九年,《历字文》之稿当得于其后。这位蒲松龄著述的热心编者和收藏家十分珍视这个抄本,"善价购之",赞为"奇笔"。大约自己当时已甚老迈,唯恐日久湮没此文,乃命子代笔"作此短篇以记之"。文中多慨叹蒲氏"奇才""奇气""潦倒场屋"之语。情真词切，当非假托。这篇跋文的存在大大增加了这个抄本的可信性，至少排除了属于耿氏之后作伪之可能。

《历字文》残本内容颇杂。开首9页是《历代帝王考》，是"始太昊，终明怀宗，共四千八百十六年"，各朝帝王承续王位的历史概述，像个简要的传位年表和换代大事记。最末19页是《六十年花甲子日年月表》，起于明嘉靖四十三年(1564，甲子)，断于万历二十八年(1600，庚子)八月，是这些年月之中九百零四个节气的月、日、时辰明细表。中间48页，有《三元五腊圣诞日期》《十殿阎君圣诞日期》《看男女值年星辰属命之图》《二十八宿值日吉凶歌》《二十八宿值日占风雨阴晴歌》、几种定时辰及日月出没歌诀、《起九星歌》《逐月吉星总图》《逐月凶星总局》《诸葛武侯选择逐月出行图》，还有关于各种忌日、凶日的干支表、解说或歌诀，杂抄繁细，未便分目。全书除首尾两部分及几首定时歌诀之外，都是选择家的吉凶祸福之说。这些内容自然都属"历字"范畴，并且与蒲松龄的思想、学识、人生哲学相应相合。我们知道，蒲氏《农桑经》和《家政外编》(被编者题作《聊斋杂记》上册)中就记有多种忌犯之说、攘除之法，《蚕祟书》《粪煞日》尤为显眼。据平井氏《聊斋研究》记载，直至20世纪30年代，蒲氏藏书中尚有《道书内册秘诀》(老抄)和《奇门秘遁》(有蒲氏藏书印)。那么，在《历字文》中录入较多的阴阳术数之文是完全可以理解的。其实，蒲松龄对神煞吉凶等选择之说并非深信不疑。他于《蚕祟书》题下注云："国中信巫，故为存魇攘之法，事亦无害于义，且祭余又可以致蚕公也。"特作此注，说明他不是很相信，而末句简直就是俗话所说"心到佛知，上供人吃"的同义语。《婚嫁全书序》说得更为明白：

> 唐宋以来，选择百余家，造凶煞之恶名，骇人观听。古人不甚遵，颇亦不甚验。最不可解者为周堂，不论节候交否，但以为逢若凶，逢若吉，此何理也？今必欲集其书，勿乃为荒唐者愚乎？而不然也——我辈愚中人，举世奉为金科，而我独行胸臆，既有违众之嫌；且子女婚嫁，即无所避忌，而姻家公母必龈龈以为不可，遂不

得不设酒封金转求术士,故不如广集诸书,汇其大成,使人无指摘之病,即明知其妄而用以除疑,亦甚便也。

这段话几乎同样可以用来说明《历字文》中的选择家言。蒲氏在很大程度上是从其从众哲学和便民思想出发"广集其书"的。他既然在四十二岁时(上序作于"康熙癸亥",1683)就有如此明确的指导思想,并辑录而成《婚嫁全书》,那么,其时和以后许多年"在本境毕府设教"和"茶余酒后于四库书中细心搜集","汇纂成"如此内容的《历字文》一书,不仅是极有可能的,也是十分自然的。

笔者查阅一部分历象术数之书,尚未发现《历字文》残本内容之所由来。这可能是笔者涉猎不广、查找未到所使然。同时也有个值得注意的情况,即一大批乾隆年间尚在流传的清初以前的此等著述,如《天宝历》《广圣历》《总要历》《乾坤宝典》《神枢经》《选择宗镜》《神煞起例》《曾门经》《蠡海集》《五行论》《历神原始》《历事考原》等,今已难以见到,可能大部分已经失传了。失传的原因之一,是在康熙五十二年(1713)和乾隆四年(1739)由这两位皇帝各钦定一部阴阳术数之书,即《星历考原》和《协纪辨方书》。两者都是综合前人同类著述汇纂而成,反复引录之书达三十余种,上列诸作均在其内;后乾隆钦定《四库全书》,两书引录之作均未收入,加之钦定书的流传、影响,大批前人之作便逐渐湮没无闻,以至失传。《历字文》的内容多与钦定两作"宜忌""利用"等卷相类,有些标目也相近或相同。但内容差异颇大,全无抄录其书的迹象。只有个别地方文字偶合(如"定碾扇架吉日",《历字文》与《辨方书》各列二十九个相同干支日;《历字文》中"起工架马吉日"所列二十三个干支日,与《辨方书》"起工通用吉日"所列相同),显出同录前人之书的印记,而与后面要谈到的《婚嫁全书》照抄《辨方书》绝然不同,这种情况使人觉得,《历字文》广而杂内容的来源难于查找,可能与它产生的年代较早有关。它大约作于那些钦定书行世之前,亦即蒲松龄的生活时代,其所引录之书多已失传或稀见。这也为此抄本增加了真实感和可信性。

以上考察虽无一锤定音的硬证,总起来看,却有助于作出肯定的结论；同时从负面显出此本耐于考查、推敲的特质——作为蒲著抄本，无论跋文、正文、内容及其来源，均未发现任何不合之处、可疑之点（笔者向康熙以后著述中查其来源，就是为寻找疑点和否定之据）。既然如此，似可从跋文作者耿士伟之议，将它定为蒲氏碑阴著录的《历字文》残稿。

《历日文》

此本高23.5厘米，宽17厘米，正文只7页，以十行纸抄写。每行两句，每句四字，是双句押韵的韵文。内容是概述从远古直到明末数千年的历史演变，包含许多帝王与名人的事迹、典故。封面无字。首页题下署"古般阳蒲松龄编辑""同邑孙蕙树百评阅"。但文中并无评语，只夹有一些双行小注。文末有署"同学弟孝水山人张笃庆"的一篇跋文，内称"孙君树百校订"。

蒲氏的文集、碑阴、墓表及其子孙、友人所撰的行述、祭文、序跋等均未著录此书。因此，平井氏将它归入"地方所传之聊斋遗稿"，下注："小册一册"，又记："卷头有词友孝水山人张笃庆（字历友）之跋文。"而上述抄本并非小册，张跋也不在"卷头"，而在卷尾（这倒符合《跋》的位置），可知此本是重抄本，另外应有平井所见的原抄本。从内容和形式来看，它显然是受李翰《蒙求》一类书的影响而产生的启蒙读物，但不似《蒙求》及其拟作《十七史蒙求》那样打乱时序，广罗人物，而是由远及近地衍述史迹。与私塾广为应用的《三字经》《千字文》相较，其内容不仅单一、系统，也较深细，适于学童读过《百》《三》《千》之后习诵。跋文说它"三千年事顷见"，"正而雅，详而明"，"以教文学，实有赖焉"，也是从教授蒙童的角度作此评赞的。蒲松龄幼读经史，二十几岁就设帐授徒，写出这种读物不仅是可能的，也是很自然的。尤其令人瞩目的是，其正文末尾以如下六句作结束：

孙某族训，奚悉兹编？谬以历字，聊斋所言。敬俟补遗，童孺勉旃。

不仅直接讲明为童孺而作,而且道出作书人和作书缘由:是聊斋先生受孙某之托,为其训育子弟写的。用"谬以""敬俟"等谦敬词语,也俨然是"聊斋所言"的口气。末句则套用《蒙求》"尔曹勉旃"的结语。这里的"孙某"当然就是"评阅""校定"此书的孙蕙。我们知道,蒲松龄三十一岁时在宝应、高邮等地为知县孙蕙做过一年幕宾。孙对蒲的学识和文才颇为赏识,请这位西席为其子弟写此一本启蒙读物是很有可能的。末尾六句记其原委,言词适切,也颇浑成,可算蒲作的一个内证。

署为张笃庆的跋文不足二百字,却不是空泛的敷衍之笔。且看其文:

《历日文》,三千年事顷见,是作又一奇观也。其间音注甚妙,经史杂现。令友人孙君树百校定,不独千古矣。郑夹漈《姓名略》援引分流三十六派①,极奇者,三字姓如"侯莫陈",四字如"自无独脾",皆中原载正史者;又如罗泌《路史》,国名发挥、因之②,为历不经见者;又杨升庵《稀历录》,俱奇奇怪怪,乃知耳目之前不可测度,如《万通谱》。融成文章,彰著典核,未有若兹编之正而雅、详而明也。以教文学,实有赖焉。识者其芸珍之。

此跋不仅切合其书的内容、性质,且由其中多以姓氏"融成文章"的特点述及四部相关之书,既显出作者的博学,又见撰写此跋的认真态度,不似后人作伪文字,倒像出自饱学之士张笃庆之手。这四部书是宋人和明人的著述(《万通谱》当是明凌迪知的《万姓统谱》),虽不能证明此跋必为张笃庆所作,却也显出有张作的可能,因为述及之书皆产生于他所生活的年代之前。署名自称同学弟,十分恰切,而号"孝水山人",则前所未闻。张笃庆字历友,号厚斋,又号昆仑山人,有《昆仑山房集》,似无别号。或因淄川有孝妇河,偶而署之者耶?

通过上面的考察,虽有张氏署号之疑,亦难否定其为蒲松龄所作。

---

① "派",疑为"族"字形近之讹。
② 《路史》无此二国名,有六卷题作"发挥",或作者误记。

《家政内编》

小本一册,高19.5厘米,宽10.7厘米;14页,半页7行,每行4句16字。计24编,都是四字一句、两句一韵的韵文。纸较新、白,看来抄写年代很晚。封面题"般阳蒲松龄柳泉著"。

蒲松龄存有《家政外编》和《家政内编》两篇序文。其文表明:前者讲家庭"外政",关乎男子种植禾蔬、栽培花木;后者谈家庭"内政",关乎妇女"烹姜调桂""风雅""脂膏"。上述抄本不仅无此序文,内容也与此序所述了不相干,而主要宣讲封建孝道。前六编讲父母养育儿女之恩德、辛劳,而后则分别讲论"敬养""定省""体亲""几谏""守身""显扬""侍疾""丧葬"等各种孝行孝道,兼及兄弟、夫妇等伦理关系。这显然不是蒲松龄的《家政内编》,而是伪造或假托。

平井氏《聊斋研究》于家政内、外编两书有如下的话:"蒲家庄蒲英谭家传有《外编》真稿一册,但未见过内编之真稿也。方所传之抄本尚有存在,笔者尚未获得。"① 庆大图书馆所藏资料并无《外编》,大约平井终未得家传真稿。这个假《内编》抄本可能就是那已知"尚有存在"而当时"尚未获得"者。实际上,蒲英谭家所传《外编》也不可能是"真稿",因为两编的真稿早在同治年间就被蒲松龄八世族孙蒲价人携去辽宁,即1949年后由蒲价人之孙蒲文珊捐给政府、藏于辽宁省图书馆并为整理者加上"聊斋杂记"之题的两册残稿。杨海儒先生曾考证其实,结论是:《聊斋杂记》"是蒲松龄的《家政内编》和《家政外编》手稿","《外编》即《杂记》上册,《内编》即《杂记》下册"。② 这判断是不错的。庆大所藏《内编》之伪,也从旁印证了杨文结论之确当。

《家政广编》

小开本,高19厘米,宽10.5厘米。正文23页,以"文成堂"所印

---

① 平井雅尾:《聊斋研究》,第47页。
② 杨海儒:《蒲松龄生平著述考辨》,北京:中国书籍出版社1994年版,第175、166页。

直行稿纸抄写，半页 9 行，行 24 格。每页中间骑缝上端印有"状元及第"四字。纸略发黄，边角稍有缺损，似清末民初抄本。扉页题签："柳泉蒲先生遗墨"，下缀双行小字："家政广编""甲申"；正文前题书名，下署"剑臣氏抄"。文中夹有双行小注，且有少许眉批，字体均与正文相同。文末盖有"蒲氏留仙"方形印章。

蒲松龄之孙蒲立德在乾隆十三年为其祖《日用俗字》撰写的《跋》中有这样的话："今此书先出，以其易为力耳。而尤有切于身心者，如《省身语录》《怀刑录》《家政广编》《时宪文》，现在校定，陆续嗣出。"①蒲氏《家政广编》之书名始见于此。其书内容，上述跋文未及，顾名思义，当是家政内编与外编的合集；如其不然，则是两编内容的拓展、扩大，定在家政范围之内。但这个《广编》抄本，前半介绍经书与经学：将五经诸书与《论语》《孟子》《孝经》《尔雅》各立一目，爬梳源流；后半述及史学、字学、韵学、文体、乐律，以至吏治、学校、贡举、山水、天文，全书三十四题无一关涉家政。如此文不对题，显然不是蒲松龄的《家政广编》。值得注意的是，正文首页首行题目"家政广编"及所署"剑臣氏抄"与全文字体明显不同。更奇怪者，此行上端题目四字所占六格均向上错位两毫米，显系挖补所致。这大概就是改题作伪留下的痕迹。前题"遗墨"，后加印章，不过是作伪的一种伎俩，欲盖弥彰，益见其假。

此本"玄"写作"元"（郑玄皆作郑元），"炫"与"弦"均缺末笔，以避康熙之讳。又，"宏"缺末笔，"曆"写作"厯"（与《四库全书》写法相同），这又是避乾隆之讳。此外关涉清代帝讳的字还有"临""宁""载"等，均不避忌。由此可知以下三点：（一）此本并非原稿或底稿，原稿或底稿产生于乾隆或嘉庆间，不会更早或更晚。（二）此本抄者在避讳方面谨遵原稿，且抄时无意作伪，否则不会避乾隆讳。（三）此本不会抄于清末，否则应避同治、光绪所讳的"载"字，所以应是民初抄本。

---

① 蒲松龄：《蒲松龄集》，第 767 页。

《婚嫁全书》

此抄本上下两册，各高 23 厘米，宽 11 厘米。上册 50 页，下册 40 页，半页 9 行，行 28—36 字。两册扉页均署"松龄手抄"。上册首页《总论》题下有印两枚，分别为"泉□□""柳泉氏□"。纸已黄旧，有虫蛀之迹，边缘缺损，部分字迹漶漫，致使半页目录缺如，显然是清代旧抄本。但与蒲氏手抄之稿（如《蒲氏族谱》《聊斋草》）相比，不仅字体迥异，纸的黄旧、缺损程度也相去甚远，抄写的时间要晚得多，不可能是"松龄手抄"。下册最后 7 页，目录所无，字体也异于前文，显系后来别人所加。其中《三元命诀》一节有"乾隆九年为中元"之语，说明这后加部分不仅不是"松龄手抄"，也不可能是蒲氏所作或所录，因为早在康熙五十四年（1715），蒲松龄就去世了。上册有半页，字体与此相同，内容与上文不相连属，也是利用原抄空白加入的。

《聊斋文集》中存有《婚嫁全书序》（前已引录），说明《全书》的主要内容是辑录唐宋以来术数选择之书有关婚嫁吉凶的文字。庆大这个抄本不仅前无此序，内容与"序"也不相合。虽也引有《选择宗镜》《神煞起例》《历事考原》等约二十种选择家言，言及婚嫁的却只有末尾六页（不包括后加部分），而以大半篇幅图示、讲解干支五行、神煞方位，大论"造葬""补龙""扶山""立向"。这样文不对题，不可能是《婚嫁全书》。又经查考，其书所引前代选择家言（占全书绝大部分）并非录自原著，而是转抄自乾隆钦定的《协纪辨方书》。如前所述，此书综合、引录前人数十种术数之作，于乾隆四年编纂而成。它分为《本原》《立成》《宜忌》《公规》《利用》《辨讹》等十一目，三十六卷。此《婚嫁全书》抄本除卷首《总论》和《选择要论》，下分《本原》（已缺）、《利用》《义例》和《婚姻嫁娶》四目，各目又分若干细目。前三目的细目、图文大都抄自《辨方书》同目各卷。其《总论》则抄自该书卷三《义例》之《总论》。其《选择要论》摘自该书卷三十三第一细目，原是《利用》目中的《选择要论》。其第四目《婚嫁吉期》在《辨方书》中无相同之目，但也从第三十六卷《辨讹》中抄录了《论嫁娶大利月》的文字，作为第一细目和重要内容。

可以毫不夸张地说,抄本基本上是《辨方书》的摘抄,只将部分细目的次序略作变化、编排而已。既抄乾隆时所编之书,自然不会是蒲松龄之作。书题、印章及"松龄手抄"之类都成了作伪的证据。

《庆应义塾所藏聊斋关系资料目录》中还列有《婚嫁书摘要》一册,"清咸丰间抄本"。因系"摘要",又兼仓促,笔者未能留意。后见平井氏《聊斋研究》于《婚嫁全书》条下记有这样的话:"笔者所藏者咸丰年间旧抄一本,抄者不知何人。有《婚嫁书》之表题,恐为拔萃者。此外,尚有老抄上下二册,亦旧本,但不知其出处及考证。"(第47页)看来平井更重视咸丰间所抄摘要本。倘所摘确系唐宋以来婚嫁书之要,其真为蒲著也未可知。

《作文管见·醉吟翁传》

此是旧抄本,高24厘米,宽14厘米;正文18页半,半页8行,行24字。纸已黄黑发脆,边缘严重缺损,显出抄录的时间相当早。封面有两层。外封面以钢笔题签,题下注"旧抄本(不明)"字样。内封面以毛笔题签,题下署"蒲松龄"。扉页题署与内封面同。第二扉页右侧有"此稿传出蒲家庄蒲文清家"一行大字。以上封面与扉页显系平井氏收存时或收存后所加的装潢与说明。

抄本内容甚杂。首二页有文无题,是课艺经验谈,四则;次为《作文管见》,署"蒲留仙",五段;又次为《庭训摘要》,七则,后附《世系科名纪略》和《茔墓志》,共七页半;再次是《杂记》,包括《论语》章句解释七则,《太学千里公小传》一篇,记梦一则,议论一则;最末为《醉吟翁传》,共三篇,首篇下署"蒲留仙",第二篇题下注"其二",第三篇题作《附录:叔乔氏醉吟翁传》。内容虽杂,而笔体如一,都是同一人书写的挺秀小楷。其内容何以如此杂驳?作者和书写者到底是谁?看《庭训摘要》中的两段文字便可了然:

尔祖有曰:"世态炎凉,人情险巇,功名之急甚于往日。"……
尔十三四时,下笔横逸,决无俗下卑靡态。余之望尔当不止芥。

乃光阴到手，随即弃掷，日复一日，转瞬之间已二十六岁。学问究无进益，文章究不明通。从此再一悠忽，无论荐贤书、掇巍科，即泮水悠悠，终不与尔接矣！

夫人幸生望族，蒙先人庇荫，而不知世系科名、茔墓，何以为人？汝于祖谱家谟漠不入目；春秋祭祀，足迹不到祖茔。名为高氏子孙，实非高氏子孙也。吾试笔之于书，汝详阅之。

原来是高氏教子之文。前面是向儿子传授治举子业、作八股文的经验，《作文管见》也是为此引录的。《庭训摘要》是教子以德，继业立身，《世系科名纪略》《茔墓志》都是为此而作，是《庭训》的附录或组成部分。这位高氏在《科名纪略》和《茔墓志》中称高珩为叔曾祖，是高珩之兄高玮的曾孙、高之骈之孙。后面的《杂记》也是他写的，有"甲午春"记梦和"壬戌秋与学徒讲'何足算'句"两条。"甲午"应是乾隆三十九年（1774），"壬戌"即是嘉庆七年（1802），不可能是别的甲午和壬戌。两条都是追记语气，可见作于嘉庆七年之后。其时作者已是"暮年"（《庭训》中语）。既曾为学徒讲课，必是设帐授徒的夫子。这说明"望族"高家已然衰落，作者甚至自称"贫士"。这个内容杂驳的抄本，作者倒是十分清楚，除署名者外，都是这位高老夫子写的，大约还是他的亲笔。正因为这样，署为蒲松龄的《作文管见》和《醉吟翁传》就特别显得真实可信。似不会有假。实际并不这样简单。首篇《醉吟翁传》最后点明主人公："或曰：翁高姓，传绪名，占籍淄川，幼补博士弟子员云。"原来，醉吟翁是真实人物高传绪。高家名门大族，高玮、高珩以下三代分别为"之"字辈、"肇"字辈、"绪"字辈，（此辈列名《淄川县志》的有佳绪、似绪、组绪、统绪等多人）。醉吟翁高传绪当是高玮、高珩的曾孙辈人。虽然大家族的晚辈年岁不乏大于父辈乃至祖辈之例，但比蒲松龄同时的高珩小三辈的高传绪在成为翁的年岁时，蒲氏不可能还健在人世为之作传。我们有理由认为，《醉吟翁传》的作者不是别人，而是主人公高传绪自己，此传乃是夫子自道。这从"或曰"之类故弄玄虚的行文、语气中亦可看出。开头效仿《五柳先生传》，说"不知何许人也"，末尾又说"占籍淄川"，如此藏头露尾，前后抵牾，也是故弄玄虚所致。此翁是由比较富有转趋贫穷，遂在传中大发"穷通互乘""剥复消长"的议论，并说："翁不过沧海之一粟耳，丰啬得丧何关重轻？""昔也少有，即为少有之翁可也。今也乌有，即为乌有之翁可也。"这样的话也只有自己讲才最相宜。我们还有理由认为，这位高翁传绪不仅是两篇《醉吟翁传》的作者，也是前面除《作文管见》之外诸文的作者。他就是称高玮为曾祖，称高珩为叔曾祖，为其祖父高之骐撰《千里公小传》的高老夫子。不仅辈分相合，由富而贫的身世相合，"喜酒"之性也相合。《庭训摘要》一则云："余素喜酒，虽醉未尝误事。然过量时而颓唐之状亦殊可笑。暮年来一日不饮即觉气怯。"这同《醉吟翁传》中"与曲生臭味相投""结刎颈交""尔来……益惫，饮少辄醉"的主人公何其相似。由于这位老夫子不想也不便将这两篇既属"实录"又弄玄虚的作品归在自己名下，便信笔署上时已文名大噪的蒲留仙之名。至于"附录"叔乔氏《醉吟翁传》，则非高氏所作，但也是写高传绪的。开头一段这样写道："醉吟翁，问其年，周花甲矣；叩其学，富二酉矣；觇其风度，殆烟火神仙者是。一日传其形容，作为文章，又自须眉毕现也。余得而卒读之。"作者是在读了主人公自"传其形容"的《醉吟翁传》之后才写这篇作品的。这也从旁证明了署为蒲松龄的《醉吟翁传》乃是高传绪的自作。

那么，《作文管见》署为蒲留仙会不会也是伪托呢？答案是否定的，因为没有伪托的必要。这与《醉吟翁传》的情况不同。高老夫子是向儿子传授读书制艺的经验、方法。前面讲了自己的体会、见解，其末则专讲如何作文，如果《作文管见》也是他写的，又有何必要署为蒲松龄骗儿子呢？他既将《管见》与自作的几则特地分开，署为蒲留仙，应是真实可信的。《管见》五段，六百余字，阐述八股文章作法，当是蒲氏为教书授徒之所作。据袁世硕先生考察，"蒲松龄有可能应邀在高家作西宾"[①]。如果这个推断不错，《管见》或许就是其时所作并在高家保存下来，被教书的夫子高传绪奉为圭臬录入这个抄本的。

还应指出，这个抄本的价值并不限于《作文管见》，其他各篇记述

---

① 袁世硕：《蒲松龄事迹著述新考》，济南：齐鲁书社1988年版，第110页。

的高氏家族种种情况也很可参考。特别是《世系科名纪略》和《茔墓志》,比较系统地记述了高珩前九辈、后一辈计十一代男的名字、婚姻、承嗣关系、科名状况、茔墓地址,可借以印证、补充高氏族谱。由于高珩是为《聊斋志异》作序的第一人,与蒲松龄往来较多,关系较深,上述材料对研究蒲学也是有用、有价值的。

《聊斋随笔录》

庆大图书馆所藏《聊斋随笔录——对联集萃》共有三种,此本是其中之一。高23.5厘米,宽17厘米,文只3页,半页10行,行三十几字(不等),封面无字,扉页标题,题下注"康熙五年仲春日",署"柳泉氏订"。全文用略微发黄的十行纸恭楷抄写。从其用纸情况与不避同治、光绪讳来看,当系民国初年抄本。正文《随笔录》前有"聊斋留稿"一篇:《祭张圣瑞文》。《蒲松龄集》文集卷九收载此篇,题无"文"字;文中7字互异,余尽同。其后题作《聊斋随笔录》者,由三部分组成。第一部分,也是主体,为《对联集萃》,录对联56副,短者4字,长者26字。第二部分题《零金碎玉(格言)》,只有四句。第三部分是一首词,调寄"醉蓬莱",题为"舟中读蒋绍由、王渔洋两同年赠行诗并志感"。此称王为同年,显然不是蒲氏之作。不过,"随笔录"本可抄录他人之作。王士禛比蒲松龄大六岁,顺治十二年就考中进士,步入仕途,距此本所注的"康熙五年"早十一年,自然有录其同年所作之可能。但未标明那位同年作者是谁,有混珠之嫌。

对联与格言随遇而作,随笔而集,难以内容论其真假。笔者前稿如此推断,似是而实非。后赖电脑得查各联来源,多有乾隆后所书写者。试举数联。其一,"能受苦方为志士;肯吃亏不是痴人"。乃梁章钜《楹联丛话》卷八所引梁山舟"书楹帖"联语,梁是乾嘉时人,自非蒲松龄所作。其二,"醴泉无源,芝草无根,人贵自立;流水不腐,户枢不蠹,民生在勤"。亦见《楹联丛话》卷八,乃"程梓庭(名祖洛)抚吴时于官房自书"。而据(同治)《苏州府志》(光绪九年刊本,二十二),程始任江南巡抚是在道光十一年。其三,"汪汪无尽意,落落亦高风"。是集龚自珍的两首诗之句巧对而成,上句出自《投李观察宗传》,下句出自《自写〈寒月吟〉卷成,续书其尾》(均见《定盦文集補》上卷,"四部丛刊"本)。此人必与龚氏同时或在其后。其四,"此曲只应天上有;斯人莫道世间无"。袁枚《随园诗话》卷一谓有人征戏台对联,时人姚念兹集此唐诗二句。其五,"明月松间照;春风柳上归"。出自晚清宝廷《偶斋诗草》,是作者集王维名句及李白《宫中行乐词》八首中的一句而成。由以上诸家的生活时代均在蒲松龄之后,就可确定此《对联集萃》乃后人辑录,称《聊斋随笔录》则为赝品。

改过上文后许久,为再行斟酌《格言百全》,细读金实秋先生《〈省身语录〉考辨》,始注意金先生还曾写过考辨《聊斋随笔录》之文,发表于《蒲松龄研究》1998年第3期,找来拜读,受益颇多。前未曾读过,甚憾!否则,我就无须再作上述考辨了。

《聊斋赋集》

庆大藏有平井搜集的三种蒲赋抄本,即《聊斋赋集》《柳泉公赋稿》《柳泉先生赋集》。后两种在藏书目录中标有"*"号,即真伪待定。前一种无此标号,且与予已知蒲赋无一重复,笔者复制的就是这种。此本高25.5厘米,宽13.5厘米,半页9行,行26字,计43页,录赋24篇,诗1首。封面用钢笔题签,扉页用毛笔书题,纸却较新,显然都是后加的。无目录。正文纸黄旧破损,前数页尤甚,抄写的时间相当早。但最早也不过乾隆年间,因为文中不仅避康熙讳,也避乾隆讳,两度出现的"泓"字均缺末笔。

内杂司马相如的《美人赋》和陆机的《文赋》,均未署名。且于前者题下盖有蒲松龄印章。如非有意作伪,就是不知其为古人所作。另有一篇《春水绿波赋》(共两篇)和《登州观海市歌》,题下均署蒲氏名字并盖有印章,字迹严重漶损。前者署名仅剩一"蒲"字和半个"松"字,印章的"柳泉"二字隐约可辨;后者署名仅剩一"蒲"字,印章的"柳泉"更为模糊。尽管如此,也不便肯定其为蒲氏所作。因为它们都是乾隆间或更晚的抄本,有与《美人赋》相同的可能性。蒲松龄于康熙十一年初夏就与唐梦赉、高珩等同游崂山,并有幸看到海市奇观,写了《崂山观海市作歌》。据笔者所知,蒲氏并未到过登州,更不会再逢难得一见的海市,当然也就不会重作什么"海市歌"。至于《春水绿波赋》竟有两首,下文再谈。署名的还有一篇《泽笔池赋》,但署的不是蒲松龄,而是一个"敬"字。泽笔池相传为大书法家王羲之在故乡临沂留下的古迹。敬先生以此为题,称而颂之,与蒲氏无关。

除去上述《美人赋》等四篇,还有二十一篇。其中十九篇都在题下以小字注明所用之韵,如两篇《春水绿波赋》均注"以'思乐泮水,薄采其芹'为韵"。只《秋云似罗赋》与《麦浪赋》未标韵字,而前者以题五字为韵,等于标出。这些赋作,除极少数,大都内容空疏,矫情虚饰,堆砌辞藻、典故,谨守格律章法。作者何以连篇累牍写这种价值甚微的限韵赋作呢?这使我们想到治举子业的考生们拟作的那些八股文和试帖诗。但清代乡试、会试都不考赋。其时,以赋升官的考试另有三种:一是博学鸿词科,二是庶吉士散馆,三是词臣大考。被考的大都是在职官吏,考题多为一诗一赋。这使诗赋成了官场升迁的重要手段和工具。法式善《槐厅载笔》卷八《掌故》对乾隆间的朝考、散馆之诗题、赋题、所限韵字作了相当详细的记载。《聊斋赋集》中的限韵赋作应是应付上述某种考试的产物。这不只是推论,也有证可寻。《五位相得赋》题下注有"以钦命,以题'五位相得赋'为韵",结句是"把精语于韦编,授小臣而作赋"。"钦命"之注,把这篇律赋应付考试的性质、用途显示得十分清楚。"小臣"表明作者的身份,绝非蒲松龄那样的白身秀才。而据法式善记载,此题正是乾隆十年乙丑科庶吉士散馆之题,"以钦命,以题五位相得赋为韵"之注,一字不差。"小臣"原来就是那次参加散馆考试的一位庶吉士。再看《历下亭课士赋》,"以'盛朝多士,文风振兴'为韵",其韵字本身就是对诗赋取士的颂赞。题为"课士",却不谈五经四书、时文八股,而大发诗赋升官之论:"风云荟萃,磊落英多,思承恩于秘阁,想视草于銮坡。""千言赋就,香生枚李之花;八韵诗成,价贵洛阳之纸。喜高唱之凌云,爱率先乎众士。"这在八股取士的清代,是一篇奇特的"课士"文字,勉励士子耽情诗赋,"吟风弄月",以此"承恩于秘阁",实现"凌云"之志,成为"黼黻上国"的精英。文中有"爰

命从者""咨尔多士"等语都显出作者为官的身份,地位。再看《冬日可爱赋》结尾一段:

> 方今圣天子光华御宇,赫濯临轩。乐观文而成化,大居正以体元。俾云汉之天章,远之有望;抚辰垣而星拱,即之也温。则仰文昌之光照,孰不向暖而愿依桃李之门。

这种对皇帝不遗余力的歌颂很像文学侍臣应制之作。词科、散馆、大考的诗赋与应制之作大同小异。

经过以上考察,可以认为:此抄本中的限韵赋作大都是官场中人的应试之作或拟作之笔,所以才有《春水绿波赋》那样两篇同题同韵的情况。将这样一本赋集冠以"聊斋"之题,自是蓄意造假的赝品。

《倡和集》

这是一部词集抄本,四卷四册。各高 24 厘米,宽 13 厘米,半页 6 行,行 19 字。共计 168 页,载词 44 调,243 首。署为蒲松龄者 116 首,其余均署孙树百("百"均写作"栢")作。第二扉页即题"蒲松龄孙树百倡和集",下注"照原本抄录",并加盖印章两枚,一为"束茂先印",另一枚待辨。目录前有序两篇。前一篇署"丙寅暮春笠山主人孙氏树百题于桂阴草堂之古柳书屋",后一篇署"济南柳泉蒲松龄于乙丑上元后七日序于聊斋室之雪夜灯下题"。纸较新、白,表明抄写时间较近,大约是专为平井氏抄的。

平井的《聊斋研究》将《倡和集》列入他所搜集的蒲氏著述的最后一类,即"地方所传之聊斋遗稿"。此类共 21 种,《倡和集》位列其首,下注"蒲氏所传抄",又记:"系蒲氏所传之稿,得于淄川人束藻先者。"其意似谓,束氏稿本系从蒲家传出或抄录的,因而有较强的可信性,以为稿中词作"多系"蒲氏在宝应为孙蕙做幕宾时"两相唱酬之作"。庆大目录于此集题下未加"﹡"号,似已认定其为蒲著。辜美高先生的《聊斋志异与蒲松龄》一书也介绍了这一抄本,并录其"蒲序",以为"对研究蒲氏的交游极为重要"。今披读其稿，觉与蒲、孙二人生平、行迹抵牾甚多，极难合契。我原疑署为蒲松龄者可能是曾经南游的淄川名宦高珩，后经多方考索，终于在唐梦赉的《志壑堂集·后集》中查到此伪抄本的老家——《辛酉同游倡和集》，系钱塘吴陈琰与淄川唐梦赉两人的唱和词集。赝品的《序》与正文，署为蒲松龄者均为唐梦赉作，而将吴陈琰的序与词作改署孙蕙。参见拙著《〈倡和集〉作者与刊本寻踪》（载《中国典籍与文化》2002年第2期）。

《聊斋小曲》

这是平井收采、编辑的聊斋小曲集，抄本高24.5厘米，宽17厘米，全一册，105页。正编收入小曲61题（目录60题，缺《道情》），63首（内有两题各2首）。另有10首作为附录（目录列14首，4首有目无文）。附录之后又有《四时子夜歌》等3首（目录只列其一）。此外，平井氏还利用其间空白插抄九副"聊斋对联"、七首"聊斋诗"摘句。卷首有西山竹庄（又署竹庄山人）三首绝句和平井氏所撰《聊斋小曲编集经过序》[①]。

平井之《序》有如下的话：

> 所编辑小曲数十篇，皆得之于柳泉居士足迹所到之地，或与其友谊交情者及后裔者，例如淄川城内栖云阁旧高珩（号念东）家、或贾村庄旧张笃庆家、或王村毕怡庵家（其后辈有柳村画伯）、或又同王村西铺振衣阁旧毕自岩（号伯阳，其后辈东河亦清末咸丰年为户、兵部侍郎）家等处所秘藏之原稿及抄本均行集录之。诚属秘稿中之珍稿者。

---

① 据藤田祐贤、八木章好的《聊斋研究文献要览》（日本：东方书店出版），平井雅尾分别于1957和1958两年编辑并在横须贺自印《聊斋小曲集》《新合欢曲》《梅花落曲》和《聊斋小曲二集》《狐女闹学》《佳期会曲》《鱼儿戏水曲》），其前于1936年将《尼姑思俗曲》译文刊于东京《同仁》，又于1954年将《五更合欢曲》《露水珠儿曲》《灯花报喜曲》的译文刊于东京《综艺》。

值得注意的是，这些小曲不仅出自当年与蒲翁交往甚多的友人之家，而且其所藏还有"手稿"。平井氏见过蒲氏的多种手迹，如《肖像自题》《鹤轩笔札》《蒲氏族谱》《聊斋草》《会天意》等，都是他在《聊斋研究》中谈到过的。他还将《鹤轩笔札》首页影印于该书目录之前。由此看来，他对蒲氏笔迹应相当熟悉，对原稿的鉴定也就比较可信。可惜未说哪些篇是据原稿抄存的。这使我们难以将它们与另一些作品区别开来，也无从了解原稿的篇数和所占的比重。不过既有原稿，就应有蒲氏之作。我们知道，蒲松龄喜作通俗戏曲，只碑阴著录的就有十七种之多，都是篇幅漫长有情节之作。其孙蒲立德在为《日用俗字》写的跋中更说其祖"有通俗劝世游戏词亦不下数十种"。这样一位作者，在他六十余年的创作生涯中写有一些抒情小曲是自然的事。

然而，这批小曲中，有无蒲氏之作，有多少蒲氏之作，要有确实的证据。先看四首所记的"附后"或"特志事略"之文（依其产生的时间顺序而录）：

> 康熙五年秋月之初，有邻村之贤妇者，但伊夫素嗜韩寿之癖，如适其性，恒终夜不归；而是妇辄于风宵雨夜而伺之，以为尝（常）。兹以素悉其概，故作是曲以志。
>
> 松作
> ——《夜雨思夫曲》附后

> 康熙六年，仲春之月，适在王村，课蒙为业。有村古城，偶往游焉，访故人耳，作席地谈。某之比邻，素亦望族，吉期合卺。新婚之夜，交杯换盏，情爱异常。人生极乐，孰比于斯？岂吾慕之，人人慕之。故作此曲，永久志之。
>
> ——《新婚宴曲》后附《特志事略》

> 康熙十有二年，暮春之初，寂寞无寥（聊），与高念东徒步而游。偶至邑城东北之故有莲花庵，即同入随喜。上方佛殿遍览既

毕,径憩于禅堂。俄一小尼蹀躞献茶。窥其意旨,颇有思俗之念。偶成此曲,兹志之,不无世有小补焉。

柳泉氏作
——《尼姑思俗曲》附后

康熙十有三年仲夏,阴雨连朝,水流如注。欲出游而不得,寂寞殊甚。偶作闲散短曲,借以驱睡魔耳。

——《露水珠儿曲》附后

前三者不仅道出创作的时间和缘由,同时也叙明本事委曲,与作品内容相辅相成,对理解作品很有帮助。这样的附笔须有真情实感,只有原作者才写得出,不大可能是伪造的。末则虽无委曲本事,却也自然、浑成。因久雨、寂寞而作小曲,其情可以想见。此曲以露珠的短暂比喻情人的变心,也是由"阴雨连朝"、处处水珠引起的联想。可见附笔与正文仍有关联。另一首《细细雨儿曲》,题下附注:"阴雨不晴,遂作此曲。"与《露水珠儿曲》的附笔相似。由此可见作者的一种写作习惯。总之,这些附笔为原作者所加,不似后人伪造。但他们是否为蒲松龄所作?除了一、三两则有蒲氏署名为据之外,第二则述及作者之身世、交游也很能说明问题。有关蒲松龄初馆教书的时间,学界曾有异说。后经多位考议,已然明了:蒲氏初馆的时间当不迟于康熙五年(1666)。最早的馆东就是王村的王永印。《新婚宴曲》之《特志事略》所述"康熙六年,仲春之月,适在王村,课蒙为业"等语与学界有据之论断均相契合。这可以说是《事略》和此曲为蒲氏所作的有力证明。第三则《尼姑思俗曲》附记,关涉蒲氏与高珩在康熙十二年的行迹、交游。高珩的身世已如前述。他比蒲松龄大二十八岁,明末即跻身仕途,入清后至康熙十年主要是在京做官,而于次年春告假归里,在淄川家居达八年之久。这使蒲氏于康熙十二年与之同游成为可能。从行迹来看,高珩于家居期间建载酒堂,邀集同好,饮酒赋诗;又"时行吟于野,时跨驴入市,舍者不避席,炀者不避灶，夷然自适"①。其徒步游莲花庵正是这样的游冶行径。其时蒲松龄已南游作幕归来，或暂且家居，或教书、做幕，但都不像后来那样长年客居于离县城与家都很远的西铺，因而能在康熙十一二年先后游崂山和泰山，各有诗作。而且，游崂山是同高珩、唐梦赉等一行八人，登泰山也应同友人一起。这样，在康熙十二年春"与高念东徒步而游"，入莲花庵"随喜"，就不仅可能，而且可信。高珩很赏识蒲松龄的文才，所以第一个为《聊斋》作序，邀其同游是赏识、器重的表现。蒲诗《挽念东高先生》有"当年邀我从杖履"句，《次韵载酒堂倡和之什寄郢社诸同人》又有"何当再续十年约，蜡屐从君采石华"句。袁世硕先生由此认为蒲松龄可能应邀在高家作过西宾。若然，随之出游，更属平常。莲花庵县志有载，在"县东北二十里"。此曲附笔所记与之正符，末属"柳泉氏作"是可信的。它也可能是蒲氏亲笔，故于1936年就被平井氏译作日文在日本刊行。

以上考察表明，《聊斋小曲》中确有蒲松龄的作品，至少有附记的前面三首可以确定为蒲氏所作。再从创作路数来看，这三首，即《夜雨思夫曲》《新婚宴曲》《尼姑思俗曲》，都从一更写到五更，每更一段。这本是民间歌曲惯用的套数，也成了蒲松龄的创作常套。《聊斋小曲》中用此套数的还有六首，未必全是蒲作。但其中《夜雨鳏夫思妻曲》和《五更合欢曲》两首，开头都有一首七绝"小引"，正文各段均标出曲调，其意味、格调、结构、章法乃至语式都分别与《夜雨思夫曲》和《新婚宴曲》高度一致，绝似一人之笔，应由"思夫""新婚"二曲生发、连带而作，亦可判为蒲氏之作。又者，在关德栋先生《聊斋俚曲记》所抄录的平井氏所藏聊斋小曲72种目录中，特地标明"聊斋秘本"的恰是《五更合欢曲》《夜雨鳏夫思妻曲》和《新婚宴曲》三种②。这所谓"秘本"，在标示者看来，应比别本有着某种同样特别重要因素。还有《赌博五更曲》，末

---

① 王士禛：《诰授通奉大夫前部左侍郎念东高公神道碑铭》，载《带经堂集》卷八十三，清康熙五十年(1711)程哲七略书堂刊本。

② 关德栋：《曲艺论集》，上海：上海古籍出版社，1958年版，第77页。

注"此曲,《俊夜叉》附后"①。《俊夜叉》是蒲氏碑阴所著十四种俗曲之一,写悍妇降伏赌夫故事。《赌博五更曲》前三段写赌徒恋赌输钱,后两段写其回家受妻子责骂,与《俊夜叉》内容相类,格调如一,注作"附后",当属可信。这样,原正编中可以确认为蒲氏之作的共有六首。值得注意的是,它们竟是《聊斋小曲》中最前面的六首。这应该不是巧合,而是说明上述考察与稿本当初的来源、状况以及编者平井氏的认知具有某种暗合关系。既然平井氏搜集的小曲有蒲氏"原稿",它们理所当然地要被排在这个集子的最前面。第一首自不必说,甚或包括那三种"秘稿"也未可知。另有一首《李丑三吃狗肉曲》,头两句是"康熙爷登基壬寅年,有一段奇事出在淄川"。从语气上看,是写康熙元年的事,其写作时间也不会太晚,或比以上诸曲都要早些,也有蒲氏创作的可能性。

《附录》十首之中有两首蒲作见于今存的聊斋俚曲。一首是《采茶歌》,同于《蓬莱宴》第五回〔采茶儿〕。俚曲原为五段,风、花、雪、月各一段,又将四者合写一段。小曲只有前两段,后三段或已散佚。另一首是十二月小唱,题作《离了家乡》,分别见于《富贵神仙》第五回和《磨难曲》第十二回的"闻唱思家",调寄〔玉娥郎〕。小曲未标曲调,文字基本相同,无疑是同一作品。《聊斋志异》中嵌入多首蒲氏诗词与赋作。这两首小曲的情况与之相类。它们虽是俚曲内容的一部分,却并非特定人物、特定情境的写照,而有广泛的适应性和很强的独立性,各是一首自成一体的曲作。特别是那首十二月小唱,当是汲取或模拟民间传唱的小曲写成,无论作于俚曲之前,还是后从俚曲中抄出,都有单独成篇的价值。

《聊斋小曲》中的蒲氏之作应不止于八首,但此外还有哪些,却难遽断,便是前面提及的另外几首也都不能十分确定,只能说可能是蒲氏之作。曲稿系从多处收采,汇纂成编,考其真伪,不能以局部推及全体,而要一首一首地落实。从平井氏搜集的聊斋资料掺杂大量伪作来

---

① 据藤田祐贤、八木章好《庆应义塾所藏聊斋关系资料目录》,庆应还藏有《俊夜叉·赌博五更曲词》单行本一册,署"王小亭旧藏抄本"。

看,《小曲》中也极有可能混入颇多的赝品。但究竟哪些是赝品,同样难以确定,除非找到它们的真实作者或能否定蒲作的出处。除去上述8首,其余都属真假莫辨,归入待考的"附编"。

2002年《蒲松龄研究》第3期发表刘瑞明先生《所谓〈聊斋小曲〉中的非蒲松龄作品》,罗列"附编"中49首同于清嘉庆间(1796—1820)华广生编辑的《白雪遗音·马头调》,让我觉得它们之中不会再有蒲氏所著,可从《附编》中一并剔除。然而近读马瑞芳先生的《幻由人生》,内引亦属[马头调]的《岂有此理曲》,认为是蒲松龄调侃王永印的戏作,因为"王永印有正妻和不止一房小妾,家中争风吃醋常有发生",与此曲内容及题下"小引"之谓"王与妇谈文之语——口头语,敝作此曲"恰相契合①。此论颇有道理。加之,蒲氏二十几岁曾在王家设帐授徒,与长他二十几岁的馆东王八垓(永印乃字)相处甚谐,忘年相戏,写此打趣之曲极有可能。这又使我重新审视并最终肯定这首小曲为蒲氏之作。其曲云:

岂有此理,那里话!不要照奴发。先有你来后有他。何必争差。这都是旁人告诉你的话,主意自己拿。那些人巴不得咱俩不说话,是些冤家。怎肯疼他,将你撒下。又不眼花,奴岂肯一条肠子两下里挂,半真半假?你不信,我舍着身子把誓骂。屈杀奴家!屈杀奴家!

然而,它为何又大致不差地被编入《白雪遗音》之[马头调]呢?细想其情,只能如关德栋先生所推侧的:"蒲松龄根据当时的时调小曲"而"拟作的新词","《白雪遗音》由多人搜集成书时,可能遂有一部分蒲松龄的作品被录入"②。《岂有此理曲》应是其中的一首。如此看来,不应将它与《白雪遗音》视同水火,应从瑞芳先生所论,定为柳泉之作。不但此也,就是那首有"康熙十有三年"附后之语的《露水珠儿曲》也不

---

① 马瑞芳:《幻由人生——蒲松龄传》,北京:作家出版社2014年版,第73页。
② 关德栋:《曲艺论集》,第80页。

无关先生上述推断之可能。如今,曲界认为,[马头调]"清初至道光间流行",赵景深先生认为"还有不少首是从明代[挂枝儿]里翻出来的"①。《聊斋小曲·附编》中的同类作品,尽管可能大都属于关先生推侧的第三种情况,即后人"托名伪作",或许不止一首或两首属于蒲氏的"拟作""辑录"或"删改订定"者,即关先生推断之第一、二两种。但到底是哪首或哪几首,就难于遽断,有待方家继续考辨。

前查《新订解人颐广集》在其卷四《涤烦集》中发现一首《戒贪花酒歌》,虽不知作者,亦可断定《聊斋小曲·附录》中的此篇非蒲松龄所作②。后来借助电子版《四库全书》,查明附编中的《想思曲》和《忆情曲》都是吴伟业的作品,《附录》中的《插禾歌》《打鸭歌》《饮酒歌》乃宋人之作③。近日再查《基本古籍库》,发现《附录》中的《壮士歌》乃颜元为一位邂逅的非常之士所歌,清戴望《颜氏学记》和王源《居业堂文集》均曾引录,有文无题;民国徐世昌所辑《晚晴簃诗汇》题作《美人歌》,诗句全同。《附录》后的《四时子夜歌》(12首)、《折杨柳枝》《三妇艳歌词》,都是尤侗之作,载于《西堂诗集·剩稿》(卷上)。至此,这些原被误入《聊斋小曲》附编·附录及附录之外的作品名花有主,皆可剔除。

《聊斋劝世文》

此本高19厘米,宽13厘米,29页,半页10行,行20字。封面题下记作"蒲文魁旧藏抄本"。内收三篇说唱作品:《悍妇传法》《劝夫孝祖》《恶婿遭遣》。首篇尾部残缺,末篇只有前半,惟《劝夫孝祖》完整无缺。三篇都是以天遣冥罚劝善惩恶的浅俗之作,有说有唱,旨趣、格调、形式、语言完全一致,显然出自一人之手。其中第二篇有"洋烟(指

---

① 赵景深:《白雪遗音·序》,载《明清民歌时调集》(下),上海古籍出版社1987年版,第469页。

② 参见马振方《是否蒲松龄所录作——庆应大学聊斋文库藏抄本考辨订补》,《蒲松龄研究》2000年第3、4期合刊。

③ 参见马振方《关于〈聊斋小曲〉的真伪问题》,《蒲松龄研究》2003年第1期。

鸦片)宜断,唯此物比毒药更深百般"等语,说明作者是近代人。此稿之假无须多论。

《琴瑟乐曲》

此稿不是著录于蒲氏碑阴的《琴瑟乐》。

抄本高18.5厘米,宽13厘米,正文41页,半页8行,行20字。封面标题,未署作者。扉页题"聊斋蒲先生琴瑟乐曲"。正文首页题下署"淄川蒲柳泉编纂""同邑张笃庆评定",而全文实无一字评语。值得注意的是,这有题署的首半页是用新纸补写的,字体也与后面诸页迥异。而这页的后半页缺坏特甚,其所余两片,大约仅剩三分之一左右,虽已托裱,却未补入所缺的字,不能连属成文。这与前半页全部补写,不缺一字适成对照。依理而论,前半页缺坏应比后半页更为严重,以至无法托裱,所以才全部换新,逐行补写。但既然尚可托裱的后半页都无法补出所缺的字,前半页又是依据什么补写题目、作者、正文,以至不缺一字呢?这是很可怀疑的。但不能以此断定此稿非蒲松龄所作,因为抄本末页纸已发黑,其下半缺坏三分之一,显系旧抄,而文末却盖有"柳泉""蒲松龄印"两枚印章。后一枚只存大半,"松"与"印"均缺下半。这说明此抄本产生之时就被视为蒲松龄的作品,并非补写首页时才署蒲氏之名的。此本虽首尾缺坏严重,中间大部分篇页却都完好,纸略发黄,当属清后期抄本。

这是一本说唱结合的曲艺作品。内容是惩戒妒妇的。张员外娶妇三人,六十无子。小妇刘氏怀孕,大妇正氏与二妇高氏因妒肆虐,并将刘氏所生婴儿以死猫替换,掐死掩埋。太白金星将死婴变成金羊,十二年后又变为儿童。其间刘氏还受过许多折磨,被妒妇挖去双眼,两妒妇也被其夫各挖去一只眼睛。最后刘氏两眼复明,因子高中被封一品夫人,团圆结局。从蒲氏作品和《聊斋志异》中大批寓意小说来看,既重劝惩又批妒妇的蒲松龄是写得出这类故事的。但不会题作《琴瑟乐曲》,因为其内容与比喻夫妻和美的"琴瑟乐"了不相干,并大相径庭。不论此稿是何人所作,题目也是别人妄加。大约平井搜集蒲氏文稿时,此稿首页前半页缺坏太甚或已无存,售者不知原为何题,便将已知蒲氏俚曲之题胡乱加上,或将已知的原题换上此题,并填补了这半页的其他文字(将"长安县"误为"东安县"),因此特别整齐,一字不缺。所谓"同邑张笃庆评定",也是妄加或伪托。正文开头云:"众位名公尊坐,细听我说一段琴瑟乐的快曲,大家听听。"特地点出妄加之题。此正暴露了这半页之文的伪造性质。

除去题目和开首半页,这个抄本是否可能为蒲氏所作呢？回答也是否定的。且不说其语言拙陋、冗沓,与蒲氏俚曲语言简净、明畅有显著的区别,其袭用狸猫换太子情节更暴露了非蒲氏所作的赝品面目。换太子故事最早见于嘉庆年间刊印的白话小说《万花楼》(又题《杨包狄通俗演义》),第三回即《刘后阴谋换太子》。但那是在"太子生下数月"之后,刘妃与郭槐设计,"拿一只死狸猫"偷换了的。其具体情节和细节与广为流传的同一故事差异很大。后至道光年间(1821—1850)艺人石玉昆说唱《龙图公案》,被记作《龙图耳录》,其第一回《设阴谋临生换太子》,写李妃分娩时,刘妃与郭槐用剥去皮的狸猫偷换了初生的太子。这才是后来通过小说[如光绪间(1875—1908)刊行的《三侠五义》]和戏曲流播民间的换太子故事。此《琴瑟乐曲》不仅袭用了临产偷换的情节,还袭用了剥去猫皮的细节。由此即可断言,此本产生道光以后,不可能出自蒲松龄之手。

结　　语

以上考议十五种抄本,除《聊斋小曲》外,可分为三类:第一类,蒲松龄著述之真品:《历字文》《历日文》和《作文管见》;第二类,非蒲氏著述,即赝品,计十一种及《醉吟翁传》;第三类,即《聊斋编处世格言百全》,有两种可能:或为含有《省身语录》某些残本成分而被其后人大肆染指增补了的真伪相参、真少伪多的关乎"聊斋"之著述;或为纯属后来伪造的"聊斋编"赝品。至于《聊斋小曲》,只有《新婚宴曲》《岂有此理曲》等九首可定为蒲作。尚有《附编》的《李丑三吃狗肉曲》等真伪待定。便是拙文考定者,亦孔见刍议,谬误或多,谨俟厘正。

本文考察的只是庆应义塾大学所藏平井氏当年作为蒲松龄著述收集的抄本之一小部分。即此也可以斑窥豹：这批资料杂入太多的伪作，却又含藏可贵的真品。对待它们既须审慎，力避认假为真；又要珍视，努力披沙拣金。对这批资料深入开发，去伪存真，将使一批蒲氏著述遗珠重现于世，有助于蒲学的开拓与发展。

　　原载《蒲松龄研究》1995年第3、4期合刊，题为《是否蒲松龄所作》，后出《聊斋遗文七种》改订附后；2016年订补后改用今题《是否蒲松龄著述》，此次修订附后于《聊斋遗文》。

再 版 后 记

  有关这几篇聊斋遗文的话在本书《再版前言》和《是否蒲松龄著述》中都说过了。这里再补说几句《历日文》的特别价值和它在蒲氏生前似未受到应有重视的根本缘由。《历字文》除了"历代帝王考"和较为实用的农时节令、日月阴晴等经验性歌诀,在今天看来,多是一些自古留传下来的人事与天道、神道关系的种种迷信内容,而在当时却有占卜吉凶祸福之用,加之先生以多年工夫拣择、抄录,颇具规模,所以被列为《墓表》中杂著五种之一。《历日文》不同,它是作者读书、治学半生对历史知识的汇集、认知、编创的结晶,表现了柳泉公真才实学的重要方面。就内容而言,它可以说是由宋代大学问家王应麟始创、其后多人嗣而续之俗称"小纲鉴"《三字经》骨干部分的拓展与深入,融集历史进程中诸多关键人事,不是专攻历史的学者,很难注其大量典事;就形式而论,它又继承了萧梁才子周兴嗣受命编著的《千字文》和唐以来诸种《蒙求》的四言韵文体式,表现了作者的多才多艺。但它在作者和友人心目中并不占有显著的位置。除了作《跋》的张笃庆,未见他人评述或言及,以至后来被平井雅尾的《聊斋研究》编入并无考证的第四类即末类著述——"地方所传之聊斋遗稿"之第十四种。原因何在?就在于它是作者南游做幕时应主人孙蕙之邀为其子弟而作的启蒙读物,非但不被器重,反易受人轻忽,蒲氏自己也不甚关注,作后只给孙家自用,不便于流传。我想这就是此篇对认识蒲松龄颇有价值之文长期淹没在民间的根本原因。我们将它发掘出来,随同本书出版面世,有益于读者了解柳泉先生深厚的史学根底和文艺才华,进而探究其举世杰作《聊斋志异》产生的深层底蕴和坚实基础。

  本书得以再版,首先要感谢北京大学出版社典籍与文化事业部马辛民老师的大力支持,北大出版社给了我修订本书并改正初版某些失误的机会,使我从日本携来的聊斋遗文真品获得较为广泛的传播。在编辑与出版过程中,得到责编魏奕元君的精心编排与校雠,在此一并表示谢忱。

2020 年 5 月 18 日于北京大学寓所